INK INK INK INK INK INK
INK INK INK INK INK
INK INK INK INK INK INK
INK INK INK INK INK
INK INK INK INK INK INK
INK INK INK INK INK
INK INK INK INK INK INK
INK INK INK INK INK
INK INK INK INK INK INK
INK INK INK INK INK
INK INK INK INK INK INK
INK INK INK INK INK
INK INK INK INK INK INK
INK INK INK INK INK
INK INK INK INK INK INK
INK INK INK INK INK
INK INK INK INK INK INK
INK INK INK INK INK
INK INK INK INK INK INK
INK INK INK INK INK
INK INK INK INK INK INK
INK INK INK INK INK
INK INK INK INK INK INK

INK INK INK INK INK
INK INK INK INK INK INK
INK INK INK INK INK
INK INK INK INK INK INK
INK INK INK INK INK
INK INK INK INK INK INK
INK INK INK INK INK
INK INK INK INK INK INK
INK INK INK INK INK
INK INK INK INK INK INK
INK INK INK INK INK
INK INK INK INK INK INK
INK INK INK INK INK
INK INK INK INK INK INK
INK INK INK INK INK
INK INK INK INK INK INK
INK INK INK INK INK
INK INK INK INK INK INK
INK INK INK INK INK
INK INK INK INK INK INK
INK INK INK INK INK
INK INK INK INK INK INK
INK INK INK INK INK

鄭樹森

從諾貝爾到張愛玲

From the Nobel Prize to Eileen Chang

一 點評諾貝爾

Contents

From the Nobel Prize to Eileen Chang

從諾貝爾到張愛玲

二　世界的推理

三　美雨歐風

四 台灣「代誌」

五 港情港事

六 張愛玲雜碎

點評諾貝爾

一

回顧諾貝爾文學獎一百年

一九〇一年頒發第一屆的諾貝爾文學獎，在二〇〇一年十二月盛大慶祝一百周年。回顧過去這一百年的歷史，大體上可以分成三個階段來討論。

第一階段是一九〇一年到一九五三年（即邱吉爾得獎的一年；一九四〇年至一九四三年因二次世界大戰停止頒發）。這個時期是諾獎歷史問題最大的。首先是頒獎對象不明。瑞典皇家學院的十八位院士似乎一直未能決定文學的定義，因此蒙姆遜（Mommsen）在一九〇二年以歷史學家身分得獎；以直覺論馳名的法哲柏格遜（Bergson）一九二七年得獎；英哲羅素則在一九五〇年得獎；一九五三年的邱吉爾雖以散文典雅見稱，但到底不是文學中人，恐怕政治酬庸的意味較大。其二是意識形態保守。這一點以首屆一九〇一年托爾斯泰落選，頒獎給今天完全被遺忘的浦魯東（Prudhomme）最爲明顯；當年頒獎後瑞典文化界譁然，曾集體簽名抗議；根據今天已解封的討論過程來看，眾院士認爲托翁的言論「泛神」色彩太重，故不考慮。其三是地域色彩過重。前五十年的得獎人固然以歐洲爲主（一九一三年的泰戈爾仍以英語出線；一九三八年的賽珍珠更是以洋人寫中國來代表中國），其中北歐國家明顯地比例過重；由於北歐國家基本上語言互通，自然占優勢，但不免給人「北歐為主」的偏差（後來則由皇家學院主持的北歐文學獎匡正這問題）。其四是亞、非、拉三洲文學基本上全面缺席。拉丁美洲曾意外出線一次，今天看來也是「內部拉票」所致。其五是文學品味保守。這個時期出線的小說家大體上都是十九世紀寫實主義的繼承者，例如羅曼・羅蘭、湯馬斯・曼、約翰・高爾斯華綏、辛克萊・劉易士等；對現代主義的立場要到一九四九年由威廉・福克納以意識流加上美國南方鄉土性得獎才算是比較正面。

第二階段是一九五三年到七〇年代後期，可說是諾獎的轉型期。這個時期有幾個特點。第一是頒獎對象明確。在邱吉爾之後，哲學家、歷史家、政治家就與諾獎無緣，自此文學獎眞正專業化。第二是意識形態開放。一方面巴斯特納克一九五八年以偷運出國的《齊瓦哥醫生》得獎（當年蘇共曾強烈譴責），另一方面《靜靜的頓河》在一九六五年也得到垂青（作者是否蕭洛霍夫暫且不論；當年也被西方極右派大力抨擊）；著名西方左翼知識分子沙特獲獎並成為歷史上第一位拒絕領獎的作家之後，另一位老左派聶魯達（曾歌頌蘇聯）也能得獎。第三是地域色彩減弱。在這二十多年，一九七四年瑞典兩位作家得獎是最後一次自家人的「關門作業」，自此本國人士絕跡，祇能問鼎北歐文學獎。第四是文學品味寬廣。不少前衛作家在這段時期先後受到肯定，例如法國詩人聖約翰・濮斯（Saint-John Perse）、希臘詩人沙弗理斯（Seferis）、義大利詩人瓜西摩度（Quasimodo）及孟德萊（Montale），更不要說愛爾蘭戲劇和小說家貝克特；而批判寫實主義能夠別樹一幟的（如德國的漢力希・波爾）亦未被忽略。

第三階段是七〇年代末到世紀末。這二十多年的特色主要是國際化。首先是地域平衡。馬富茲（Mahfuz）一九八八年成爲首位阿拉伯語得獎人，而索因卡和葛蒂瑪分別在一九八六年和一九九一年以撒哈拉之南的非洲作家出線；儘管三位也許都有地域代表性，但其文學成色毫無疑問。其次是肯定英語文壇比較忽略的名家，例如在法朗哥治下成名的西班牙小說家塞拉（Cela）和一生不斷流亡的德語猶裔作家卡內提（Canetti）。其三是發掘小語種、小國家的大師，例如一九八四年的捷克詩人賽佛特（Seifert）和長期流亡國外、作品罕爲人知的波蘭作家米華殊（Milosz）。其四是女性得主增加。隨著女性教育普及、女作家早在世界文壇撐起「半邊天」，九○年代先後有三位女作家得獎，大體上反映了世界文壇的實況。

然而，近二十多年來的國際視野固然落實了諾獎的世界性，但也不幸招來另一種猜測，即地緣政治、語種分配，甚至女男比例等「政治正確」的文學獎政治考量。加上前些年由於魯西迪《魔鬼詩篇》大風波是否得由瑞典學院發表聲明，引起院士內鬨，再因前任永久秘書艾倫的「專横作風」被多位院士指責，學院的正常運作不免受波及。一九九七年義大利戲劇家（作品著重演出，非傳統的劇本型）達里奧‧傅（Dario Fo）得獎，義大利文壇譁然，加上學院院士 Lars Forssell 爲其譯者和監製，招惹「裁判兼球員」之議在所難免。二○○○年，「裁判兼球員」的非議之外，美國《洛杉磯時報》更在頭版左欄專文質疑，連「利益衝突」的重話都出來了。馬悅然當選院士後，一心推動中文文學得獎，並不惜打破學院的保密規定（包括二○○○年揭曉前的透露），明確表示如果沈從文不是在一九八八年去世，則早已獲獎，其愛護中文文學之心無可置疑，因此二○○○年的安排雖了卻心願，並爲學院解套（終於解決中文文學不受青睞的困擾），但不免替地域平衡、語種分配，甚至「私人關係」等忖測，再次火上添油，對文學獎的地位而言，誠屬不幸。

不過，要求一群瑞典作家和學者年復一年能作出世界文壇（尤其是獲獎語種或國家）心悅誠服的決定，本來就是「不可能的任務」；因此，有時誤送桂冠在所難免（台灣的文學獎有時候也會「誤中副車」，甚至引起幕後代筆的猜疑）。說到底，一個語種的文學終必得由該語種的傳統和文壇承認、肯定、接受，才能眞正進入歷史，而一個作家的地位，更有待時間的考驗。托爾斯泰不就被諾貝爾文學獎拒絕了嗎？

二〇〇一年

台灣報紙副刊與諾貝爾文學獎

——個人的回顧和隨想

台灣報紙副刊在年度諾貝爾文學獎公布後，例必追蹤報導，實自一九七〇年代後期瘂弦入主《聯合報・聯合副刊》開始。在此之前，台灣報紙副刊一般都頗被動，採靜態處理。除新聞版外電翻譯，副刊是否介紹（更不要說專題報導），幾端看來稿，是近乎「守株待兔」的處理方式。一九六九年愛爾蘭劇作家貝克特（Samuel Beckett）以荒誕劇的成就獲諾獎，當時行銷極廣的《中央日報》就等待好幾天才在副刊發文簡介，而方莘在美國的回應，更要等到《中央日報》海外版寄到北美後，才自美國以航空郵件寄回發表。當年的遲緩反應，大體上也反映那個年代資訊科技的落後、台灣經濟的困難、島內外文材料及人才的匱乏。

一九七七年西班牙內戰代（與加西亞・洛爾伽〔Garcia Lorca〕等同時出道）詩人阿歷山大（Vincente Aleixandre）得獎，名字至爲陌生，〈聯副〉曾主動邀約譯詩以饗讀者。一九七八年猶裔美籍意第緒語（Yiddish）小說大師辛格（Isaac Bashevis Singer）獲獎，因早有美國新聞處出資譯介其代表作，不算陌生。及至一九七九年希臘詩人艾利提斯（Odysseus Elytis）榮獲桂冠，在島內缺乏材料及人手的情況下，〈聯副〉得報社大力支持，以當時極昂貴、不能直撥的越洋長途電話邀約海外華裔作家學者支持，當時未有傳眞，採電話邊唸邊抄方式，但總算能在公布後以最快速度刊出介紹和詩作中譯。記得當時尚在聖路易華盛頓大學攻讀比較文學博士的小說家李永平，也罕有地參與當晚的趕譯及越洋唸稿。〈聯副〉此役的大手筆，一舉打破過去的靜態處理，而將此年度國際文學獎，視同文學界大新聞，務求以最快速度作整體、全面、大幅報導。此次越洋電話連線作業的成功，爲〈聯副〉版面一大突破，亦爲台灣報紙副刊首見，自此擺脫過去的「閉關」狀態。今日回顧，此役實爲一九八〇年代兩大報副刊年度「諾獎大戰」之序幕。

一九八〇年諾獎揭曉後，全球新聞界頻呼「冷門」，因得獎人是英美書評界都不熟悉的波蘭美籍詩人米華殊（Czeslaw Milosz）。米華殊在當時的英語文化界，僅以波蘭及俄國文學專家見知，其詩作英譯選集，據中介給一家小出版社的美國詩人王紅公（Kenneth Rexroth）所告，總銷量不及數百本。米華殊早年曾短期出任波蘭共黨政府外交官，後自行放逐。定居美國後，在加州大學柏克萊校區斯拉夫語文學系任教。一九五三年出版的回憶錄《攻心記》曾由美國新聞處在世界各地以不同文字譯本推出，配合美國政府在冷戰高峰的圍堵及對抗戰略。中譯本則由香港今日世界社（香港美新處的出版機關）印行；當年負責人即一九九六年十二月初去世的宋淇（林以亮）。而米華殊在加州大學有一同鄉卜弼德（Peter Boodberg，又作 Budberg），是曾流亡中國的俄裔漢學家（波蘭部分領土曾被俄國併吞），與一九四九年後滯留加大的陳世驤同事。三位流亡美國的文學工作者，在放逐的共同心境中，成爲莫逆之交。卜弼德與陳世驤先後早逝，米華殊有詩作〈魔山〉悼念。（卜弼德生平及交往，可參看楊牧《柏克萊精神》裡悼文，一九七七年洪範版。）儘管米華殊與華文文壇有上述的翰墨因緣，但到底並不廣為人知，故當時〈聯副〉的電話連線作業似不順利，翌日僅以外電編譯一文簡介，版面無大變動。而當時非常強勢的《中國時報．人間副刊》，在高信疆的指揮下，對〈聯副〉稍早的越洋電話連線作業，頗思反擊，也企圖自海外「反攻」，恰巧金恆煒代表《中時．人間》長駐柏克萊，來電要求協助。記得當時早晨五時多，矇矓中聽了好一陣子才弄清來意。由於一九六○年代中葉曾在香港購得一冊英國企鵝版《當代波蘭文學》選集（此書無美版），米華殊負責編譯，名字還算聽過。不意此一表示立刻招來高信疆的越洋電話，要求立刻評介翻譯或訪問得獎人。一九八○年自港來美任教，無意久留，藏書都在香港，前者自然做不到，祇好勉力嘗試後者（想當年接過高信疆長途電話的，都知道其攻勢之淩厲）。幸好得到加大同事的幫忙，順利聯絡到米華殊。但當日毫無新聞觸覺，又不諳訪問之道，米華殊接到電話時雖有意外的喜悅，卻沒有和他多談，也未涉及他對中國古典詩的認識及與陳、卜二位的交往。掛斷電話後正發愁內容單薄無法交差，而台北電話又來。在高信疆的指揮下，祇好立刻口譯唸稿。這則字數不多的訪談紀錄，翌日在〈人間〉成為獨家專訪。此件當時來不及檢字排版，但高信疆是以新聞的立場處理副刊的諾獎報導，務求盡快見報，破天荒以手抄影印方式刊出。這在中文電腦打字個人化的今天，可說是「恍如隔世」。

連接兩年的交鋒，〈聯副〉及〈人間〉的高速，在報紙寄抵香港及新加坡後，當地文化人頗為矚目，並有專欄文字肯定台灣報紙副刊對文學及臨即性的重視。當然，隔海觀戰，港新兩地不少文化人並不理解，在「美麗島事件」後，台灣報紙副刊是最能自由揮灑的空間，而痖弦和〈聯副〉一手帶動的諾獎報導戰，多少是開向世界的一扇窗，而由此牽引出更大量的當代世界文學譯介，在八〇年代末之前，自有其「空氣流通」的作用。

一九八〇年的硝煙過後，〈聯副〉曾內部檢討，決定加強海內外外國文學學者的聯絡。記得在一九八〇年十月底，就接到瘂弦來信，追問如何進行訪問之餘，更要求提供瑞典皇家學院及諾獎作業情況，和標列海外學界友人專長，以供參加。此外，瘂弦也表示會以個人關係，聯繫旅外作家及記者（例如中央社駐土耳其記者），以備不時之需。當時的反應是，〈聯副〉似有「長期作戰」的預備。而自一九八一年德語作家卡內提（Elias Canetti）得獎後，〈聯副〉就走上公布後例必整版專頁的安排（連載及專欄中止；高陽曾向筆者戲稱是年度例假之一），至今從未失手。在專訪得獎人方面，〈聯副〉在一九八三年、一九八七年、一九八八年、一九八九年、一九九〇年、一九九一年、一九九二年，先後訪問英國小說家高定（William Golding）、俄國詩人布洛斯基（Joseph Brodsky）、埃及小說家馬富茲（Naguib Mahfuz）、西班牙小說家塞拉（Camilo José Cela）、墨西哥詩人帕斯（Octavio Paz）、南非小說家葛蒂瑪（Nadine Gordimer）、加勒比海聖路西亞詩人沃克特（Derek Walcott）。筆者代表〈聯副〉追蹤到但因得獎人在養病或在病中無法接受訪問的有一九八一年的卡內提、一九八四年的捷克詩人塞佛特（Jaroslav Seifert）。得獎人在宣布時正旅行國外，但仍追蹤到的有一九八二年的哥倫比亞小說家加西亞·馬奎斯（Gabriel Garcia Marques，複姓）和一九八六年的奈及利亞戲劇家索因卡（Wole Soyinka）。前者當時在墨西哥，後者在比利時；兩位都因旅館的流動性未能完成訪問。完全沒聯絡上的祇有一九九三年的美國小說家摩里森（Toni Morrison）、一九九四年日本小說家大江健三郎（Oe Kenzaburo，一直在家門及外邊接待記者）、一九九五年的愛爾蘭詩人奚涅（Seamus Heaney，時在希臘小島上度假）。單以直接接觸計算，〈聯副〉絕對遙遙領先台灣報紙副刊。《中時・人間》除一九八〇年由筆者專訪米華殊，就祇有一九八一年得獎後相當久才刊出卡內提多年前的演講及記者招待會紀錄。

相對於台灣兩大報副刊，香港的大報副刊對諾獎可說是毫無反應，通常祇有新聞版作一簡短外電迻譯。原因主要是香港報紙的副刊都是事先分劃的小方塊（有人戲稱爲「賣文認可區」），無法機動反應。此外，報社本身不重視文化版面，即或有意願，亦無法發揮。因此，關心諾獎的香港文化人，如果任職報館，往往會在公布後留意翌日下午運抵香港的《聯合報》和《中國時報》。這種冷漠要到九〇年代才逐步改善。主要是少數一、兩份重視文化的報紙（如《信報》）開闢文化及書評版面，較能機動反應和調整版面，但規模仍遠遜〈聯副〉和〈人間〉。新加坡方面，尚有兩份華文報紙的時代，個別副刊在〈聯副〉和〈人間〉的刺激下，亦曾發布消息，甚至大幅重發〈聯副〉和〈人間〉的報導介紹，連〈聯副〉的專訪也原文照刊。大體上，港新兩地副刊的諾獎報導和台北的年年追擊不無關係。從這個角度看，〈聯副〉的領頭示範，兩大報副刊的良性競爭，都應記上一筆。

〈人間〉和〈聯副〉的諾獎製作，一般包括小傳、作品評介、作品年表、作家照片、書影、作品選譯等。〈聯副〉則尚有專訪或代表性專家訪問。這個規模在美國也祇有《紐約時報》才做得到。《華盛頓郵報》表現參差，一般祇有生平、作品簡介、照片及少數學界意見。《洛杉磯時報》則僅限於新聞處理。不過，如《紐約時報・藝文版》專輯和〈聯副〉及〈人間〉相比，前者在製作時肯定要輕鬆許多，因爲重點祇在獲獎人和專家訪問，作品不是英語就已有現成英譯，片段摘錄即可；書影及照片則紐約出版社及作家代理人都可及時供應，年表及小傳通常有檔案資料及大量工具書可以參照。這和台灣副刊編輯室面對的實際工作條件，不可同日而語。在得獎人訪問方面，《紐約時報》的壓倒性優勢僅限於英語系統（或旅居美國的外國作家如布洛斯基），其他地區〈聯副〉絕不遜色。而一九八三年由筆者代表〈聯副〉專訪威廉．高定，更壓倒大西洋兩岸的《紐約時報》和倫敦《泰晤士報》，以當年的人脈和通訊條件而言，實在非常意外。

然而，在相關專家學者的訪問及發言方面，兩大報副刊就完全無法和美國大報相比。這其實也反映台灣學界重英語（美國）、忽略世界的傾向。台灣的大學外文系其實都是英文系，限於體制，祇能訓練英文和教授傳統的「正典化」（canonized）作品。戰後新興英語都甚少涉及。其他外語往往祇是第二外國語的語言訓練，文學就談不上。至於法、德、西、葡、俄等語種，師資人才都較爲欠缺。這和美、日兩國無論各語系都有專業文學教授，隨時可找到領域中眞正的專家來發言，大不相同。如以一九八一年得獎的卡內提爲例，很多外電不約而同都認爲相當冷僻，並非國際馳名。但其實矜大西洋兩岸稍微注意當代世界文壇、甚或一般書評刊物的讀者，卡內提絕不是陌生的名字。一九三五年的長篇小說《盲目》（又譯《迷惘》）早有英譯，且爲企鵝版「現代經典」叢書。一九八○年間，《紐約書評》、《紐約客》及《紐約時報書評周刊》等美東三大重鎮，就分別邀約著名評論家蘇珊．桑塔格（Susan Sontag）、喬治．史坦納（George Steiner）及麥可．伍德（Michael Wood），評述卡內提作品的英譯本。桑塔格的長文後來還收入平裝本文集《在土星宮下》。當時美國布朗大學德國文學教授班璐（Dagmar Barnouw）更是德國評論界都很重視的卡內提專家，也是七〇年代後期唯一曾專訪（十多小時）卡內提的研究者。因此，美國重要報刊的編輯起碼有不少專家可以採訪諮詢。同樣，日本早就全譯卡內提作品（記得是大學出版社印行，故應非供應通俗書店），譯者都在大學任教，就很自然成為《朝日新聞》的採訪對象，適時為日本大眾解惑。回溯兩大報諾獎報導，台灣的法國及阿拉伯文學研究者，就都能適時發揮同樣功能。一九八五年法國前衛派小說大師克勞代・西蒙（Claude Simon）獲獎，胡品清等就大力支援〈聯副〉。一九八八年馬富茲得獎時，政大阿語系的教授也能及時幫忙，甚至讓〈聯副〉有阿拉伯語原版的小說做書影。然而，冷門的阿拉伯語文學系（包括留學獎金）在台灣能夠創辦，且維持到八〇年代，不得不歸功於葉公超在五〇年代的倡議（這當然和冷戰及邦交有關）。至於年輕一代台灣學者開始對當代及新興英語文學的重視，在一九九三年童妮・摩里森得獎時，亦有所顯示。是年〈聯副〉的版面就靠陳東榮（摩里森小說為其博士論文）支撐。而〈人間〉亦自行摘刊陳東榮在中央研究院歐美文化研究所發表的專論。不過，這種單攻某國當代文學或個別作家的專門學者能夠出力支援的情況，實在不多見。除了向英語一面倒，另一原因大概是台灣的人文學科的學術人口（或研究人口）不夠多。（教育部多年前的統計曾顯示，台灣人文學科教授較常發表研究論文者約為三分之一，其中又以中國文、史、哲項目為多。）

回顧十多年來兩大報的諾獎報導，副刊編輯室明顯地長期缺乏基本參考資料，所以遇到較「生疏」的作家、譯名、生平、年表和該國文學流變，都是從零開始。在這方面，中國大陸雖有意識形態的牽制，但自一九八〇年以來，外國文學手冊及辭典等不斷編印，相當有恆。最早面世的是一九八二年中國大百科全書出版社的兩卷本《外國文學》，涵蓋古今世界各地文學，共約一百七十萬字；雖然因爲大陸才開始「改革開放」，條目裡的政治氣息依然濃烈，但不失爲人名、譯名、基本資料的一般翻檢手冊。在八〇年代後期，英國、法國、德國、蘇俄、日本、拉丁美洲等文學詞典先後面世，二次大戰後的作家及作品也多有涉及。同時亦有不少國家文學史的集體編寫印行；絕大多數雖稍嫌資料性，但對非專業的文學及文化工作者，不無參考價值。這種比較資料性的文學史包括古代的梵語、冷僻的亞伯利亞、乏人注意的緬甸等，可說是不分古今大小，一視同仁。相形之下，台灣國立編譯館似乎從未推動過同類工作。到目前爲止，民間出版社似乎沒有（或沒有能力）出版這類工具書。文學史的編寫也頗零落。九〇年代坊間印行的一些個別編著，大多爲大陸著作的繁體字版。而大陸編著，除意識形態外，對國外撰寫文學史的方法學爭辯、國外文學工具書的新發展、國外文學研究的新動向，都未能及時吸收，也影響這些著作的參考價值。但無論如何，有基本資料總比一片空白，對副刊編輯室的幫助較大。

八〇年代初兩大報副刊每年十月全力製作諾獎特輯後，學界友人頗爲顧慮。例如：報紙副刊如此突出諾獎，無疑是「免費廣告」，可能導致翻譯界和出版界搶譯、搶印，大量製造劣譯。又如：得獎作品通過報紙副刊大力渲染，可能形成某種「正典」的印象，忽略其他實力相當的名家。再如：過度標榜諾獎，則諾獎之外的名家（或尚未「年高德劭」的作家），可能無法出頭。

八〇年代並無新著作權法添加翻譯作品的額外經濟壓力。但今日回顧，報紙副刊的「免費宣傳」，對出版界似無顯著影響。八〇年代初有兩家出版社譯印諾貝爾文學獎全集，但整體銷路不如預期。一九八一年的卡內提和一九八二年的加西亞．馬奎斯因此均有中譯。拙譯卡內提《耳聞證人》結集出版後，遠景出版社負責人表示連一版都沒賣完。卡內提中譯到此為止。一九八二年的得獎代表作《百年孤寂》出版後銷路甚佳，因而導致加西亞．馬奎斯的小說陸續在台出版。在整個八〇年代諾獎得主中，加西亞．馬奎斯不單最受華文讀者歡迎，也是英語世界中最為暢銷的。這得歸功作品本身的內在條件，談不上諾獎效應。而一九八五年的克勞代．西蒙，小說是前衛實驗之極致，語言和形式對專業讀者都是一大挑戰，得獎後在大西洋兩岸仍是少數人品味，在台灣更無進一步迻譯。

其實，回顧整個八〇年代，因為諾獎而中譯出書的，除加西亞．馬奎斯外，僅有卡內提和索因卡二位。後二位銷路欠佳，立刻無以為繼。一九八四年高定獲獎後立即出版的代表作《蒼蠅王》，原為陳慧樺十多年前舊譯。一九八八年馬富茲雖很可讀，但要不是中阿文經協會補助，恐怕連現有的小冊子都印不出來。一九八九年塞拉得獎後，代表作之一《蜂巢》因早已印出多時（一九八七年替允晨出版公司策畫當代文學經典叢書時，硬著頭皮編列出版），書店現書供應，總算賣完一版。由於台灣的出版界多為短線作業，而翻譯文學的銷路大多數為長期累積，因此市場力量的「無形的手」，就比副刊專頁更有力地左右譯介和出版。既然沒有大規模的中譯，也就談不上「正典化」。反過來看，如無副刊每年全力投入諾獎報導、簡介，絕大多數讀者恐怕連管窺風貌的機會都難求。而副刊全力以赴，精益求精，也祇是對讀者負責的應有態度。

八〇年代初〈聯副〉開始全版諾獎報導後，亦曾邀約海外文友，中譯心目中的當代大師，以配合每年僅有一次的諾獎，並同時開拓副刊的國際視野。六〇年代《筆匯》時期就從事外國文學譯介的許國衡，先後譯介齊佛（John Cheever）、厄普戴克（John Updike）、馮內果（Kurt Vonnequt）等戰後美國小說名家。女詩人林泠則曾中譯終在一九九六年摘下諾獎桂冠的波蘭女詩人辛波絲卡（Wislawa Szymborska）。及至一九八四年十一月《聯合文學》月刊創辦後，瘂弦兼任總編輯，在發行人張寶琴支持下，推出「國際文壇望遠」固定欄目，並將同年十月〈聯副〉的諾獎專頁，在十二月號的《聯合文學》擴大成四十頁圖文並茂的塞佛特專輯。自此之後，每年十月的〈聯副〉諾獎專頁，十二月例必由《聯文》深化爲專輯，相輔相成，先後呼應，直至九〇年代初新著作權法頒布後才告一段落。由於其他報紙副刊並無關係刊物，《聯文》與〈聯副〉的互補就顯得更爲有力。

後來《聯文》的欄目更名爲「國際文壇熱線」，〈聯副〉仍不時配合摘刊，又個別策畫較短的一日完小輯，成爲副刊讀者的世界文學氣象台。先後在這些小輯露面的大師、名家、新秀，有阿根廷的波赫士（Jorge Luis Borges）、義大利的金茲布格（Natalia Ginzburg）、瑞士的弗里施（Max Frisch）和杜倫馬特（Friedrich Dürrenmatt）、哥倫比亞的加西亞・馬奎斯（新作介紹）、捷克的史高沃歷斯基（Josef Skvorecky）、阿爾巴尼亞的卡達雷（Ismail Kadare）、千里達的奈波爾（V. S. Naipaul）、印尼的杜爾（Pramaedya Ananta Toer）、英國印裔的魯西迪（Salman Rushdie）、英國華裔的毛翔青（Timothy Mo）、美國華裔的譚恩美（Amy Tan）等。

八〇年代初《中時・人間》持續兩年刊出散文家吳魯芹訪英美小說家的紀錄，在那封閉的歲月，備受台灣文壇矚目。出書後也風行一時。遺憾的是，此書仍衹針對英美小說家，且都是老一輩的作家，對拓展當前視野，裨益不大。在八〇年代中葉，〈聯副〉就一直希望通過系統性的專訪，深入淺出向讀者介紹台灣特別「陌生」的國家文學，作爲報導諾獎的另一項旁支性

「後援」活動。記得當時瘂弦經常來信，希望能落實這項工作。準備了相當長的時間後，這一系列的訪問自一九八八年至一九九〇年刊出，以該國當代文壇特色及發展的焦點，先後訪問德國小說家布克（Hans Christoph Buch）、波蘭詩人巴倫切克（Stanislaw Baranczak）、捷克小說家華朱力克（Ludvik Vaculik）、匈牙利評論家巴路巴斯（Enikö Bollobás）、羅馬尼亞詩人烏薩奇（Mihai Ursachi）、俄國詩人特拉告莫斯申科（Arkadii Dragomoschenko）及小說家托斯泰雅（Tatyana Tolstaya）、墨西哥小說家富恩特斯（Carlos Fuentes）、巴勒斯坦評論家薩依德（Edward Said）、南非詩人顧力力（Mazisi Kunene）、日本小說家大江健三郎等。這些訪問後來就以瘂弦在〈聯副〉上所定欄名「與世界文壇對話」，結集出書，可說是〈聯副〉諾獎之餘的附帶產品。

綜觀近十六年來的諾獎報導，台灣兩大報副刊都竭盡全力，以最快速度向廣大讀者提供資訊，開拓視野，加強瞭解。專業文學人口可以此爲起點，非專業人口則可有基本認識。另一方面，帶有文化使命的副刊雖爲輔助性版面，但既是大報的一部分，理應在文學世界國際大新聞出爐時，扮演「正刊」的角色。至於因報導諾獎而同時加強世界文學的介紹，對島內文壇的放眼國際，也不無裨益。

一九九七年

二〇〇七補記：

近十年來版權國際化，衛星電視無遠弗屆，互聯網全球同步，本文算是爲報紙副刊的發展，留下一點個人瑣憶。

諾貝爾文學獎的台前幕後

前言：本文特意用問答體撰寫，以概括不少讀者和編者的類似疑問。

問：一九八一年十月十五日，在瑞典皇家學院舉行記者招待會，宣布該屆文學獎得主之前，瑞典首都一家晚報突然大幅度介紹卡內提的生平及作品。這是否意謂著諾貝爾文學獎的評審作業，已不如過去那麼機密？

答：不見得。當然，這家晚報也著實厲害，竟能在宣布卡內提爲八一年得主之前，提早半天得到消息。但這種「天機早洩」的狀況，過去也祇發生過一次。那是一九七九年希臘詩人艾利提斯當選時，外電也提早得到消息，並向世界各地拍發電訊。結果皇家學院被迫提前宣布文學獎評選結果。不過，這種消息滿天飛的情形，可說年年有之，近年尤甚。例如一九八一年美國三大報（《紐約時報》、《華盛頓郵報》、《洛杉磯時報》）都各有所謂「內幕」消息，先行預測一番。後來連法新社等也到處發電訊，預測了巴金等名字。結果全部「誤中副車」。但正因爲去年是「大熱門」全部落空，才鬧出名單外洩的事件。聽說去年的決審，一直僵持不下，爭執很多，最後不得不投票表決。有兩位院士在投票後仍然不服，繼續力爭。大概在表決後尚有場外討論，便導致「事件不密」的結果。

問：去年究竟有哪些作家是「熱門」？

答：有以《百年孤寂》馳名於世的拉丁美洲小說家加西亞・馬奎斯，南非的葛蒂瑪，以《權力與榮耀》成名的葛林等。

問：美國文市不也提到女小說家歐慈嗎？

答：說起來，歐慈才是眞正的「冷門」。她的短篇小說雖然文字精練，並善於捕捉刹那間情緒的起伏，但以總成績來看，實在不是當前美國文壇的一流人物，更不要提世界文壇了。但兩位不服氣的院士，聽說就是把票投給她。消息傳回美國，一時大譁，《紐約時報書評周刊》還冷嘲熱諷一番，說學院的老先生大概把歐慈的產量（三十多本小說），老眼昏花中看成質素。

問：如此說來，諾貝爾文學獎的權威性豈非可疑？

答：也不見得。結果一九八一年不還是多數票選了卡內提。這位老作家雖然衹馳名於德語區，但到底是西方現代主義文學運動承先啓後的人物之一。

問：究竟諾貝爾文學獎委員會是怎樣組成的？

答：其實眞正的委員會衹有六個人。五位是瑞典皇家學院內部選舉出來的，三年一任，得不斷連任。第六位是由皇家學院委任的。但這六位委員又都來自負責決選的皇家學院的十八位院士。因此，我們可以說，文學獎委員會是負責複選，從世界各地的初步提名中，選出一份最後名單（通常是五位作家），再交給皇家學院的十八位院士討論和決選，協助文學獎委員會決定最後名單的，尚有兩個常設單位：諾貝爾研究院和諾貝爾圖書館。後者專門搜購當代世界文學作品，館長同時兼任文學獎委員會秘書。諾貝爾研究院則負責派出一位文學教授（目前是兩位），長期作文書及研究上的支援。說來有趣，諾貝爾圖書館的館址是由皇家證券交易所提供，因此文學獎委員會的固定會議室，和終年不斷的討論，也就朝夕與銅鈿爲伍。

問：文學獎委員會的作業程序是怎樣的？

答：在每年一月底之前，可直接向皇家學院或文學獎委員會提名。曾獲提名而落選者，可以在來年再被提名。但如果沒有再被提名，原有的提名就作廢。不過，皇家學院或文學獎委員會如果覺得某一年的提名中有遺珠之憾，亦可自過去的提名名單裡挑出來考慮。外界初步提名是相當重要的，例如第一屆諾貝爾文學獎之頒給法國的蘇利・浦魯東，而不是當時眾望所歸的托爾斯泰，就是因爲托翁竟然沒有被提名。這種情況現在當然就不會發生，因爲已有了近八十屆的提名，不可能會有太明顯的遺漏。

問：什麼人才有資格去提名？

答：與瑞典皇家學院組織相仿的學術單位，如法蘭西學院和西班牙皇家學院等，當然都可提名。事實上，一九七七年的得主詩人阿歷山大即由西班牙學院提名。此外，各國的主要文學團體（如筆會）和一些國際學術團體均可提名。按照規定，凡得瑞典皇家學院認可的大學之文學教授亦可以參加提名。但怎樣才算「認可」，則沒有明晰界定。不過，以巴金多年前尚在「牛棚」時，獲歐洲漢學界人士聯合提名的情況來判斷，大概凡是有一定國際地位的大學，資格上應無問題。同時，爲了刺激提名作業，文學獎委員會每年秋天也主動發出近六百封提名邀請函。

問：通常每年有多少作家獲得提名？有沒有什麼先決條件？

答：每年的提名平均都有三、四百位。但由於不少提名互相重複，都是同一個人，因此實際數字通常祇有一百多人。據文學獎委員會其中一位資深委員雅達·龍吉維斯特向筆者一位德國友人透露，近年來新增的名字很少，幾乎每年的提名都大致相同。就外界所知，有不少作家都有七、八次以上被提名。有一兩位特別「年高德劭」的，例如現年七十八歲的英國小說家葛林、八十三歲的阿根廷作家波赫士，都有近二十次的提名紀錄。因此，一般說來，首次提名就能獲獎的情形絕無僅有。此外，作家是否得過其他國際性的文學獎，往往也有影響。例如一九八一年的得主卡內提，近十年來曾獲得奧地利、維也納及西德的文學獎。「熱門」人選葛蒂瑪也得過英、法等國的國際性大獎。巴金最近獲得義大利政府的「但丁國際文學獎」，對其「進軍」諾貝爾，應有幫助。聞說今年（一九八二年）沈從文獲得提名，但因屬首次，且不如巴金之較具國際聲望，獲獎希望甚微。

問：既然是文學獎，最終的考慮應是作品質素才對。很多中國讀者不都以爲沈從文的小說藝術要比巴金來得高嗎？

答：大概對諾貝爾文學獎委員會而言，其他的文學獎代表了另一角度的評審，也是對提名作家的承認，因此有參考價值。不過，由於皇家學院對第三世界文學作品較欠認識，有時批評家及學者的意見也能左右大局。通常文學獎委員會向皇家學院遞交決選名單時，除作品外，尙有詳細報告、作品資料、已發表的批評文章，甚或外界專家的特別報告。由於第三世界文學作品譯成歐洲語言的較少，批評家的意見和學者的報告，就會特別受到重視。在川端康成得獎時，其作品祇有一種已英譯出版，但歐美學界的各種研究中，對其地位及成就一致推崇；相信這與川端獲獎不無關係。目前討論中國現代小說的外文著作中，祇有夏志清教授的專著是全面性和歷史性的。而在這本書裡，巴金頗受針砭，因此對其競爭諾獎，會有影響。相形之下，如以夏教授的專書作參考，沈從文就較占優勢。

問：在諾貝爾文學獎委員會向瑞典皇家學院的十八位院士遞交決選名單以後，通常的作業如何？

答：皇家學院方面首先可以對決選名單重行考慮，再作增減。但由於文學獎委員會的討論，全年都不停地向學院報告，理論上雙方不會有太大歧異。皇家學院通常在每年夏初就接到決選名單，最遲在十月中旬就會投票決定。投票時起碼要有十二人出席，其他人可以通訊方式投票。投票全屬不記名，得獎人一定要得票超過半數。投票過程固然保密，對大多數的決議在投票後也不得表示異議。因此，一九八一年卡內提得獎後的異議，雖不是公開發表，但已近乎違規。

問：瑞典皇家學院是怎麼樣的一個機構？每年決定諾貝爾文學獎的這十八位院士又是些什麼人？

答：瑞典皇家學院成立於一七八六年，其組織以法蘭西學院爲典範，但不同於後者，全部院士祇限十八人。皇家學院的職責是推動和保存瑞典的語言、文學、歷史和文化。其院士通常都是瑞典著名作家或學者。一旦當選後，屬終身職。目前的十八位院士裡，有六位是學者，十二位是作家。

問：那麼，諾貝爾文學獎可說是作家頒給作家的獎囉。能否簡略介紹一下這十二位兼任皇家學院院士的作家？

答：這十二位作家中，在瑞典之外最爲人熟知的大概是一九〇六年出生的雅達・龍吉維斯特。他不但精通八國語言，且曾多次環遊世界。一共曾刊行六十五本書，主要爲詩與散文。龍吉維斯特曾經到過中國，出版有遊記《轉變中的巨龍》。在皇家學院的十八人中，他應是聲望較高的一位。龍吉維斯特之外，另一位年過九旬的安達斯・奧斯特靈也是前輩詩人。他雖然年事特高，但據說觀點毫不保守，且頭腦靈活。與龍吉維斯特年歲相仿的是詩人約翰尼斯・艾迪飛特。除開寫詩，艾迪飛特也翻譯了不少德國和英美現代詩，並發表過相當多的俄國小說專論。這三位老詩人之外，較爲年輕的有戲劇家兼詩人拉斯・霍蕭爾，詩人及散文家卡爾・吉盧，小說家兼學院終身秘書長拉斯・尤倫斯坦，藝評家烏拉夫・林德，詩人兼散文家奧斯坦・史佐斯特朗，和小說家貝爾・申達曼。在十八位院士中，唯一的女性是現年五十歲的小說家克絲汀・艾克曼。一九八一年三月才同時當選爲院士的兩位作家，是戲劇家華納・亞斯品斯特龍，及詩人卡契爾・艾斯皮麥克。

問：這十八位終身院士裡的十二位作家，會否由於文化背景及地理環境等先天限制，對歐洲文學特別熟悉，而對東方文學最乏瞭解？

答：這是可能的，因爲拉丁美洲文學和非洲文學基本上仍是使用歐洲的語言，但東方文學，除了印度的英語寫作傳統，就不得不倚賴翻譯。同時，西方漢學界過去一向都重古輕今，幾乎沒有什麼學者研究現代中國文學，因此連研究性資料都很匱乏。不過，這情形近年來已大有改善。此外，目前主持斯德哥爾摩大學中文系的馬悅然教授，對現代中國文學極感興趣，並負責《現代中國文學》辭典性手冊（英文本）的編修；這對現代中國文學在瑞典的傳播，大概會有點幫助。

附記：

這篇問答體文章一九八二年發表時馬悅然教授尚未進入瑞典皇家學院；一九八五年成爲院士後，總算填補了學院對中國文學認識的空白。

一九八二年

諾貝爾文學獎「黑幕」重重？

早已成爲世界文壇年度大事的諾貝爾文學獎，一九八三年由於英國小說家威廉・高定的得獎，引起國際矚目的內鬨；隨後因爲高定新作《紙人》受到書評界的揶揄，諾貝爾文學獎的評鑒繼續受到攻擊；一九八四年的諾貝爾文學獎則在公布前，已經引起大西洋兩岸的熱烈討論。其肇因是歐洲著名評論家喬治・史坦納（George Steiner）在《紐約時報書評周刊》，炮轟瑞典皇家學院，斥責諾貝爾文學獎的評審，指爲黑幕重重的一大「醜聞」。新聞界對諾貝爾獎的非議，可說是年年都有。然而，由於史坦納「來頭」甚大，不但是極少數精通全歐語言的現代文學專家，對二十世紀文學理論也瞭如指掌，且長期在《紐約客》撰寫書評，對當代文學如數家珍；加上發表地方又是通行世界的一份周刊，尤其惹人注目。本文將報導史坦納之批判的重點，並加以分析和說明。

史坦納認爲，以諾貝爾文學獎八十多年的總成績來看，非但不足以驕人，且不時是對批評界智商的侮辱；早年的一些得獎人，例如一九〇八的魯道夫・尤肯、一九一七年的昂力克・龐圖比丹、一九二六年的葛拉齊雅・黛萊達，今日不但早被國際文壇遺忘，即連現代文學專家，恐怕也是「前所未聞」。至於柏格遜、羅素等哲學家的得獎，史學家蒙姆遜和政治家邱吉爾的獲得青睞，都早已超越正常的文學範疇。但是，照史坦納的看法，偶有失誤和「擇人不慎」都勉可原諒，最不能寬恕的則是多年來的「遺漏」和刻意的「鴕鳥政策」。

史坦納指出，即使以最大誤差來衡量，瑞典皇家學院對大多數本世紀文學大師之「視若無睹」，已經令人無法爲其評審制度及結果再作任何辯護。在小說方面，史坦納提出喬伊斯、普魯斯特、卡夫卡、哈代、康拉德、詹姆斯、馬爾勞、勞倫斯、布洛克、繆塞、吳爾芙夫人等。在戲劇方面，史坦納舉出布萊希特及高羅德。詩方面則遺忘了龐德、里爾克、梵樂希、卡山贊基斯、史蒂文斯、洛爾伽、阿克馬托娃、奧登、比索亞等。依史坦納的比較，未曾得獎的大師遠超於受到表彰的名家，因此，八十多年的頒獎，是失手多於命中。

史坦納這個批判，其實不算新鮮。多年來不少評論家都對現代主義大師未能上榜，深表困惑。這當然是與現代主義文學的先鋒性有關，而皇家學院院士之終身制，也往往因年邁而形成品味上的保守。其實，皇家學院有一些院士也曾就這個問題而發表評論。例如負責遴選作業的諾貝爾文學獎五人委員會裡的龍吉維斯特院士，多年前接受《紐約時報》之特約文評家專訪時，就曾對早年的評審和人選表示不滿，並特別標出賽珍珠，認爲忽略了不少大師，而挑出賽珍珠，顯示早年的制度和標準有問題。但龍吉維斯特則爲近三十年來的評審辯護，認爲是合理和大有改善。

史坦納又嚴厲批判皇家學院的地域性，認爲各院士的語言隔閡，使到英文翻譯的多寡，往往就先天地排斥少數民族或歐洲不熟悉的文學，也間接形成北歐文學不成比例地上榜。至於日本和東歐的偶獲垂青，史坦納則認爲是偶一爲之的「公共關係」。史坦納的這項抨擊，對從未有中國作家獲獎的中文讀者而言，應更有共鳴。無可諱言，諾貝爾文學獎長期以來都是「歐洲中心主義」，對拉丁美洲、非洲和亞洲的文學，極爲嚴重地忽略。曾經提名沈從文競選諾獎的瑞典漢學家馬悅然，在一九八二年接受筆者專訪時，就曾坦言有一位年紀最大的院士（現已去世），是絕對的「歐洲中心論」，完全拒絕亞、非、拉文學；但其他的院士都討厭這種態度。皇家學院的永久秘書尤倫斯坦院士在一九八二年接受專訪時，曾表示由於當代中國文學的翻譯特別缺乏，造成評審上的困難；並特別聲明：「希望能夠擺脫西方文化中心主義，也很想把東西方的文學透過諾貝爾文學獎聯繫起來，向世界推介。」最後並呼籲加強中國作品之外文翻譯，以打破文化隔閡，加強東西文化交流。此外，龍吉維斯特院士在同年接受專訪時，也曾強烈暗示，如果老舍沒在「文革」中不幸去世，很有希望上榜。從這些專訪的紀錄來看，近年來的諾貝爾文學獎，已力圖打破文化隔閡，對「西方中心論」有明顯的反省。

西方出版界的忽略，五〇年代之前歷史性的「歐洲中心論」，恐怕是不能像史坦納那樣，全部歸咎於皇家學院的十八位院士。再退一大步來說，即使有大量翻譯，加上本國政府的大力支持，例如日本爲了井上靖的得獎而耗費一百萬美元召開世界筆會會議，如果作品確實不如人，恐怕也是無濟於事。

除了地域主義，史坦納也批評皇家學院頒獎時的政治考慮。他認爲一九七二年會選上漢力希・波爾而略過另一位德國作家君特・葛拉斯，就是由於前者政治上較爲保守，也因此較少爭議性。而智利詩人聶魯達及蘇聯作家巴斯特納克的獲獎，則是極少數無視政治因素的純文學考慮。史坦納認爲，後來另一位蘇聯作家蕭洛霍夫雖素有剽竊之嫌，但爲官方認可，故頒發諾獎以「平衡」巴斯特納克獲獎之軒然大波。至於一九八二年較爲「偏激」的加西亞·馬奎斯，據史坦納聽來的流言，稍後會由一位比較「安全」的拉丁美洲作家來「平衡」一下。

史坦納還報導了一則相當聳人聽聞的謠言，也就是所謂「黑名單」的問題。據說瑞典著名外交家及作家韓馬紹（曾長期擔任聯合國秘書長），對皇家學院影響極大；傳聞法國詩人及外交官聖約翰·濮斯之得獎，則出自韓馬紹的斡旋；而法國小說家兼文化部長馬爾勞雖得戴高樂總統之支持，仍未能戴上桂冠，也是韓馬紹的「手腳」。至於英國小說家葛林及阿根廷大師波赫士兩人，雖各獲近二十次提名，但始終未能中選，也與韓馬紹的個人喜惡有關。史坦納本人對這個傳聞也有點保留。而就事論事，韓馬紹即使生前「一言九鼎」，現已去世多年，皇家學院也已「新陳代謝」，實在無法想像所謂「黑名單」可以在相當個人主義的學院成爲無形的傳統。

最後，史坦納認爲，皇家學院不單應爲得獎人作頒獎說明，也應該爲不少當代大師未能中選作出解釋。史坦納還列出幾位他心目中的當代大家：墨西哥詩人渥大維奧·帕斯、捷克流亡小說家米蘭·昆德拉、千里達小說家奈波爾、法國小說家克勞代·西蒙、南非小說家葛蒂瑪、原居津巴布偉的女小說家萊辛、義大利小說家李奧納多·夏俠等。無疑，這些作家的作品和聲望，都使他們成爲合理的諾貝爾文學獎候選人。

不過，就二十多年來的得獎名單來看，除了一九八三年的威廉·高定是聚訟不一之外，都可說是作品與地位普遍受本國及國際文壇肯定的。瑞典皇家學院每年祇能頒發一個文學獎，而當前世界文壇之交流，由於大眾傳播媒介之發達，及印刷技術之普及，已達前所未見之境界。以今日世界作家之眾，雖然大師還是不多，但遺珠之憾，在所難免。何況，有些時候還有純屬運氣（例如壽命長短）的因素。史坦納教授實在有點苛責。到底文學並不是自然科學，客觀標準甚難釐定，有時本國文學要來個「當代十大」都難定局，更不用說要在世界文學英華中擷一而榮。再者，從一個中國讀者的角度來看，史坦納教授的博學多聞，即在人文薈萃的歐陸，也屬罕見，但通篇仍未見一言片語及於中國文學，則又何必強要當前的瑞典皇家學院，爲前半個世紀的歷史而負責呢？或許，正如史坦納在文末所說，對於文學藝術而言，祇有時間才有最後的投票權，而時間是不會受賄賂的。

一九八四年

那一位大師沒被吻死？

諾貝爾文學獎常被指爲年高德劭獎，因爲桂冠得主往往已是殘年風燭。又有論者認爲諾獎榮譽是創作上的「死吻」，盛名之下，每每不敢重現江湖。美國小說家史坦貝克得獎時信誓旦旦，自誇一定打破此「咒」，但結果也是齎志以終。以下的報導以八〇年代十位得主爲焦點，看看那一位沒被「吻死」。

一九八〇年：波蘭詩人米華殊。得獎後避居美國北加州鄉下農莊，致力整理舊作出版，且從事大量譯介。雖時有新作（詩及短文），卻已無大塊文章。但在介紹波蘭文學方面（如名家阿歷山大・沃特），則以其殊榮奪得發言權。

一九八一年：德語作家卡內提。得獎時正在養病（一九〇五年出生），未曾接受任何媒體訪問。近十年來分別在瑞士及英國靜養，再無任何新作。

一九八二年：哥倫比亞小說家加西亞・馬奎斯。得獎後依然活躍。在一九八五年出版《愛在瘟疫蔓延時》，極受世界文壇推崇，西文本也行銷數百萬冊，各種譯本都相當暢銷。一九八七年推出報導文學《智利秘密行動》。一九八九年再以長篇小說《迷宮中的將軍》爲拉丁美洲反殖民英雄波利瓦重新繪像，引起拉丁美洲文化界的爭議。此書大西洋兩岸評價亦佳。在這段期間，小說家還以獎金資助六位古巴及西班牙導演，將他的作品改編爲電影。目前正在寫一本長篇小說。

一九八三年：英國小說家高定。高定得獎時備受批評，認爲分量不及另一位英國小說家葛林。去世不久的瑞典皇家院士龍吉維斯特對這個決定尤爲憤怒，破例向記者表達不滿。高定後來曾出版長篇小說一種，大西洋兩岸評價都平平，認爲了無新意。

一九八四年：捷克詩人賽佛特。得獎時老詩人已進醫院，得由瑞典大使去醫院報告喜訊。出院後健康仍然欠佳，一直在家靜養，也未能親去領獎。一九八六年去世。

一九八五年：法國小說家西蒙。得獎時創作巔峰（一九五七年至六七年間）早已過去。得獎後一直在南方的葡萄園悠遊度日。

一九八六年：奈及利亞戲劇家索因卡。得獎後時有論文發表，但創作不前。一九九一年以諾獎得主殊榮集結非洲、拉丁美洲及北美著名作家，出版一本名爲《過渡》的國際性文化評論刊物，以非洲和拉丁美洲與歐美勢力的關係爲重點，成爲國際文化活動家。

一九八七年：俄語詩人布洛斯基。得獎時僅四十七歲（一九四〇年出生）。得獎後曾出版一本詩集，爲新舊作合集。但近年除英語文章外，亦偶以英語直接發表詩作，似逐步走上雙語作家道路，是一大變化。

一九八八年：阿拉伯語埃及小說家馬富茲。這位被視爲現代阿拉伯語小說之父的作家（一九一一年出生）得獎時創作高峰早已過去。近年偶有短文時評，但已無創作。由於過去作品的譯本未廣受歐美讀者注意，晚近歐美書市反有大量小說譯本重新發行。

一九八九年：西班牙小說家塞拉。得獎時七十三歲（一九一六年生），創作高峰也已過去，可以說已進入當代西班牙小說史。近年仍繼續從事西班牙各地方言辭彙之收集研究，另繼續進行全集之出版。

照以上的報導來看，諾貝爾文學獎這個舉世知名的桂冠確不好戴。八〇年代十位得主被「吻」後，祇有加西亞・馬奎斯一人能活力旺盛。未來發展有待觀察的是索因卡及布洛斯基。而其他七位在得獎時，早已不可能再發新枝；因此諾獎其實是終身成就獎。

附記：

死吻，英文原來是 kiss of death，可以導致死亡的接吻。典出《聖經新約・馬太福音》第二十六章；門徒猶大決心出賣耶穌後，在耶路撒冷附近的客西馬尼花園，以親吻爲暗號辨識耶穌。耶穌被捕後翌日釘死十字架上。所以死吻又稱「猶大之吻」（kiss of Judas），指表面上是愛、友情或擁護之表示，但實際上後果嚴重的行動。後來日常用語另有一個引申義，即好心經常壞事。由於《聖經》爲西方文化及文學極重要的源泉，死吻不單收入辭書，西洋文學典故詞典也常有解說。在中文創作裡，散文家吳魯芹的作品曾經運用這個西方典故。

一九九二年

諾獎作家的退稿紀錄

華人社會的報刊和出版社在退稿時通常都比較客氣，這或許是東方社會比較尊重讀書人吧？相形之下，外國讀書人就沒有這麼「幸運」。稿子被退之餘，還不免被編輯「直言談相」；但也因此留下不少軼聞。以下是一些諾貝爾文學獎得主曾收過的退稿意見摘選。

葉慈（一九二三年得主，愛爾蘭詩人）

被退作品爲一八九五年的《詩集》：「唸起來毫不悅耳，又不燃燒想像力，而且不啓逗思考。」

蕭伯納（一九二五年得主，愛爾蘭劇作家）

被退作品爲代表作《人與超人》：「他永遠不會成爲一般人心目中的流行作家，甚或一個子兒都賺不到。」按：蕭翁的舞台劇大多雅俗共賞，且有不少拍成電影。

高爾斯華綏（一九三二年得主，英國小說家）

被退作品爲代表作《科爾賽特世家》第一部：「這位作者寫這部小說是娛樂自己，全不理會廣大的讀者，因此可說是毫無暢銷質素。」按：高氏這套小說不但極爲暢銷，後來還被不少評論家指爲太過討好讀者。

福克納（一九四九年得主，美國小說家）

被退作品爲代表作之一《避難所》：「老天爺，如果出版這本書，我們要一塊去坐牢。」按：福克納在一九二九年出版代表作《聲音與憤怒》之後，誓言要寫出一個「最恐怖的故事」以引起大眾的注意，但在看校樣時撕掉重寫，因爲「不想辱沒《聲音與憤怒》」，結果得自付排版費。

海明威（一九五四年得主，美國小說家）

被退作品爲短篇小說集《春潮》：「如果出版這本書，那我們不但會被視爲品味惡劣，甚至還異常殘忍。」按：此書雖非代表作，但同年的長篇《旭日重升》使海明威名利雙收。

貝克特（一九六九年得主，英、法雙語戲劇家及小說家）

被退作品爲小說代表作《馬龍死了》：「毫無意義，又不好玩……如果有時間仔細讀的話，眞正的毛病大概就是沉悶吧。」按：貝克特的小說確實不好讀，「沉悶」之說並不爲過，但會是「毫無意義」?!

辛格（一九七八年得主，猶太意第緒語小說家）

被退作品為《在父親那裡》：「太過平凡。」按：辛格小說表面的平淡正是特色之一。

高定（一九八三年得主，英國小說家）

被退作品為代表作《蒼蠅王》：「你未能將顯然有潛質的構思成功地發揮出來。」按：以此書獲得諾獎！一九五四年出書既叫好又叫座，曾兩度搬上銀幕。

一九九二年

從晦澀到澄明

——卡內提簡介

一九〇五年出生於保加利亞的卡內提，是猶太裔，父母在維也納受教育，平常說德語。七歲喪父後，隨母親移居維也納，開始德文教育。十歲時卡內提就能用德文與母親討論席勒，用英文談莎士比亞。十四歲時曾用席勒式無韻詩體寫下古羅馬背景的五幕詩劇，獻給母親做聖誕禮物。他的母親集嚴師良母於一身，對卡內提的成長留下無法磨滅的痕跡。一九一九至二一年間，母子有種種齟齬，最主要的衝突是卡內提對科學的濃厚興趣（卡內提後於一九二九年獲維也納大學化學博士學位）。卡內提母親反對他走科學道路，卡內提則以科研宣布「自我獨立」。

卡內提在二十四歲開始構思的《盲目》是非常灰暗低調的作品。這部小說的情節和人物動作有不少異乎尋常、荒誕乖謬的地方。但對這種「違反現實」之處，作者卻以冷靜、客觀、寫實的筆法來描述，好像是日常生活中最理所當然的。對讀過卡夫卡作品的讀者來說，這種以現實性來框架荒謬性的作風，應該不陌生。這部小說另一特色是「怪誕」與喜劇成分的糅合。不同於荒謬，怪誕是指人物生理上的奇形怪狀或心理上的特異極端。而近乎「黑色喜劇」的作風，在德國現代長篇小說中，堪稱君特．葛拉斯的名作《錫鼓》的先驅。

卡內提的現代主義風格，其實在第一部作品《婚禮》就已見端倪。據卡內提自述，這部戲要實驗「聲音面具」的技巧。卡內提認爲一個人的語言，自有其固定不變的習慣和方式，突出這些成分，使之成爲人物的標記，就好比演員在舞台上戴面具演出，作視覺上的定型。不同的是，卡內提想將定型作用從視覺轉移到聽覺。在這部戲裡，卡內提還意圖打破傳統劇場的著重情節推展和人物成長，和傳統寫實主義劇場大相逕庭。但這部一九三二年冬天在維也納完成的戲劇，戰前一直沒有機會正式上演。一九六五年首次演出後，雖然十分轟動，卻與戲劇本身的創新無關，而是因爲被人控以「猥褻」。但德國「法蘭克福學派」大將阿登諾（Theodor Adorno）卻獨具慧眼，不但挺身反辯，且從文學史的角度爲這部戲定位：「在當年垂死的表現主義與今天的荒謬劇之間，這齣戲在表現手法及歷史沿革上，是承先啓後的，非常值得重視。」在《婚禮》出版後二十年，卡內提才發表他第三部（也是最後一部）劇作《大限將至》。但有異於《婚禮》的是，這部戲雖在構思上類似荒謬劇，表現手法卻沒有延續過去的前衛實驗性。不過，主題方面則仍與《婚禮》相通，繼續探討人際溝通的困難和人間溫暖的貧乏。

《大限將至》出版後，卡內提就幾乎停頓「純文學」的創作。一九六〇的《群眾與權力》是納粹主義研析。一九六七的《馬勒加斯之聲》是遊記。一九七三的《人間》是一九四二至七二的文學筆記。一九七六的《文字的良知》是文評結集。一九七七的《被拯救的舌頭》是自傳第一卷。由此觀之，《大限將至》可說是他創作上的分水嶺。前期的小說及戲劇明顯地隸屬西方現代主義，自有其晦澀難懂的一面。後期則「返璞歸眞」，雖在題材上偶有相通，文字方面卻走典雅流暢的路線，較爲傳統和易於接受。瑞典皇家學院在較長的評析中就指出，其自傳的風格：「清澄明晰，爲本世紀的德文回憶錄所難以企及。」

一九八一年

非洲最具原創力的作家

——迎索因卡訪台

在西方批評家眼中，一九八六年諾貝爾文學獎得主索因卡是當代非洲英語文學中最重要的戲劇家。索因卡的戲劇把歐洲現代主義的戲劇形式，與非洲奈及利亞的優羅巴族的神話、民俗、舞蹈、音樂糅混起來。索因卡的戲劇，不單是戲劇形式的突破，也是當代奈及利亞政治和社會現實的評論。索因卡認為：「非洲的藝術家是其社會的經驗和風貌之記錄者，也是其時代新視野的聲音。」

索因卡的文學生涯，是在奈及利亞伊巴丹大學開始的。他最初的詩是在叫做《黑色奧菲斯》的文學雜誌上發表。他早期的戲劇中分析正邪對立、進步與傳統之對立等題材。

索因卡的戲劇經常探討生與死等形而上的問題。他尤其喜愛個人為社會的道德和進步而犧牲的主題。一九六〇年的劇本《森林之舞》是為奈及利亞獨立慶典而寫的，同時也譴責奈及利亞過去歷史的暴力與殘酷，充分體現了自我犧牲的主題。美國戲劇界大老馬丁・艾思靈在去世前曾提出：這是索因卡最具野心的戲，「技巧極為圓熟，可說是非洲的《仲夏夜之夢》。」

索因卡也是當代非洲英語小說及詩歌的重要聲音。他第一部小說《詮釋者》在一九六五年出版後，曾被譽為「當代非洲本土作家最複雜的小說創作」。在這一部作品裡，索因卡使用時間轉換和觀點移動等技巧，敘述一群年輕奈及利亞知識分子對國家前途的思考。南非小說大家娜汀·葛蒂瑪就認為此書「極有文采」，「極具探索的勇氣」。

在一九六七年，索因卡本人也遭遇到嚴酷的考驗。當時他介入奈及利亞內戰的調停中，因此被軍事政權抓去坐牢。在獄中他寫下不少詩歌，哀悼內戰裡被大量屠殺的衣波族。他在獄中所寫的其他詩歌，一九七二年結集為《獄中詩抄》，集中部分詩作還是從獄裡偷運出來的。在一九七三年，他又出版詩集《人死了》，一洗早期獄中詩作的陰暗，歌頌人性，譴責種族主義，批判軍事獨裁。

內戰結束後，索因卡被釋放出獄。自此，他的作品調子轉向高昂的對抗性。一九七〇年寫成的諷刺劇《狂人與專家》和一九七三年的第二部小說《暗無天日之季節》，探討戰爭的毀滅性、暴政的瘋狂、貪污的氾濫。一九八四年的戲劇《巨人之遊戲》，是荒誕的諷刺劇，抨擊非洲政權普遍的獨裁現象。索因卡在西方，除以詩歌和戲劇馳名外，其一九八〇年的自傳《阿凱》是他在奈及利亞西部成長的童年回憶，出版後極受歡迎，入選《紐約時報書評周刊》當年最佳著作。英語世界「自傳文學」權威詹姆斯·奧尼認為此書「定必成為非洲自傳文學的經典，甚至可以說，是世界文學裡童年回憶的傳世之作。」

索因卡的原創性，不單是在於他通過戲劇、小說、詩，甚至批評，發展出個人獨特的語言及視野，而是在外來影響與本土傳統之間，維持微妙的平衡；更在面對現代文學五光十色的各種主義時，能夠保持澄明，有所吸收，而又有所堅持，在後殖民的文學世界裡，向不跟風，逆流而上，終能卓然獨立。

附記：

索因卡訪台前在二〇〇二年出版的新詩集《撒馬爾干市集》（二〇〇三年楊澤中譯），絕對是索因卡又一傑作。集中詩作除一貫的口語化特色，極富音樂性，在近年大西洋兩岸主流英語詩壇上極爲罕見。詩人的感情奔放，直抒胸臆，毫不掩飾，但又沒有當代美國詩壇「朗誦派」的「張口見喉」。而在遣詞用字方面，並不忌憚「古典」的重視，充分彰顯詩人的自信。個別詩作在「多重戲劇聲音」的運用上，再現莎劇風華，與詩人的戲劇背景，不無關係。在二十一世紀初，讀到如此自如地出入古典的華麗和現代的感性之間的詩作，不禁令人想起一個世紀前英詩新舊交替時期的繽紛耀目。

二〇〇三年

來自葡萄牙的奇幻與悲情

一、薩拉馬戈與葡萄牙文學復興

一九七四年四月葡萄牙民主革命，成功推翻執政長達三十六年的沙拉沙獨裁政權，從此進入葡萄牙的第二共和，眞正全面開放，撤銷所有禁制，並逐步成爲歐洲的一分子（一九八六年加入歐洲共同體）。

但七四年的「四月革命」，並不單是政治體制的變化，更重要的是，葡萄牙的社會、文化及價值觀，開始擺脫過去的孤立、隔絕、封閉的狀態，邁入和融進二十世紀歐洲的現代性，徹底告別原右翼獨裁政權的所謂「傳統價值觀」，並同時一舉終結葡萄牙殖民帝國及在非洲殖民地的軍事鎮壓（同年並主動將澳門主權歸還）。

薩拉馬戈的長篇小說，如果沒有這種大環境的突變，是肯定無法出現的；而他探討的社會、政治及宗教問題，在過去根本不可能避過審查制度。隨著整體價值觀的逐步轉化，薩拉馬戈關心的議題及表現手法，也就不再單是聳人聽聞，而是讀者可以共同分享、參與思考的。

根據里斯本新大學 Isabel Allegno de Wagalhaes 教授的研究，一九七四年的「四月革命」早已成爲葡國歷史上神話般的里程碑，所有的文化及其他指涉都以「七四」爲分水嶺。而在文學方面，「七四」後的二十年，葡萄牙這個一向以詩爲主的國度，突然變成小說國家。至今約有六十多位小說家在這二十年冒現，以葡萄牙的小國寡民（共一千萬人口），堪稱異數。而其中近三十位爲女小說家，尤令研究者矚目。在國際文壇上，由於葡語文學譯介較少，至今仍以薩拉馬戈最廣受注意。

儘管如此，葡萄牙文學的讀者其實遍布世界三大洲。葡國在非洲的舊殖民地有安哥拉、莫三鼻克、幾內亞比索、佛得角、聖多美與普林西比，在拉丁美洲有幅員最大的巴西，在亞洲有帝汶和果亞等，均使用葡文爲書寫語，全世界共有一億六千萬葡語人口。而葡萄牙文學能在世紀末之前復興重生，則非洲舊殖民地在六〇年代的獨立戰爭實有間接催生之功。如果沒有非洲的民族主義及殖民戰爭，原來閉塞的葡萄牙軍人不會接觸到左翼的進步思想（當時近一百萬官兵派往非洲），最後認定軍事鎮壓是完全錯誤，槍口反指母國獨裁政權。這也許是西方帝國主義史上殖民地對舊宗主國最大的文化「反攻」。

二、薩拉馬戈的生平及著作

一九八九年諾貝爾文學獎得主荷西・薩拉馬戈（José Saramago），一九二二年十一月十六日出生於葛里格省，但成長於農業富庶的阿倫迪豪省。五、六〇年代從事新聞工作。早年曾寫詩，一九六六年出版的第一本書即是詩集，七〇年代起全力投入小說創作。及至一九七四年四月二十五日民主革命成功後，放棄新聞工作，專事寫作。在沙拉沙右翼獨裁政權時代，薩拉馬戈因爲思想開明進步，並因個人理想參加當時祇能地下活動的共產黨，在生活和工作上備受逼害。他在獨裁殖民政權年代的左翼思想，在稍早的長篇及短篇小說，多少有些痕跡。整體而言，薩拉馬戈可說是大器晚成，代表作都是近六十歲時開始出版的。

薩拉馬戈的長篇小說代表作有：一九七七年《手繪圖與書法》；一九七八年《準目標》；一九八〇年《來自大地的》；一九八二年《靈視的愛情》（原題爲《奉獻修道院》）；一九八四年《拒絕去世的詩人》（原題爲《歷卡度・雷斯去世的一年》）；一九八六年《石筏》；一九八九年《里斯本圍城史》；一九九一年《耶穌福音》；一九九五年《盲》。

三、情愛的溫暖，歷史的悲愴——薩拉馬戈代表作會評

荷西・薩拉馬戈，是當前葡萄牙國內外最知名的小說家。薩拉馬戈寫作年齡甚長，但見知於大西洋兩岸，則是近十年的發展。

《靈視的愛情》

一九八二年在里斯本出版的《靈視的愛情》，原題爲《奉獻修道院》，是薩拉馬戈長篇小說的首部英譯本，一九八七年問世，改題爲《波德沙與貝夢達》，即書中男女主角的名字。這部以十八世紀葡萄牙爲背景的小說，女主角有天眼通的靈視，另一主角是發明飛行機器的神父，頗爲瑰奇。英國書評人約翰・格列遜認爲是對葡萄牙國族的一種解說。美國著名學者及評論家艾文・豪爾對這部作品十分讚賞：「這部豐富的長篇以一系列的對比來建構，尤其是統治者與被統治者、王公大人與勞苦大眾之間。薩拉馬戈對世俗裡的當權派不屑一顧，但他關心的並不是階級鬥爭。吸引他想像力的，是僵硬的教化與自由奔放的愛情之間的衝突，前者滲透語言、禮儀及道德，實際形成精神的死亡，而後者代表的正是個人自主性挑動歐洲思想之開端。……讀完這本迷人的小說，腦中迴響不絕，但令人最欣賞的仍是男女主角的愛情，就像沉睡的交響樂中，穿越眾聲的銀笛。薩拉馬戈是才思敏銳的作家，懂得嚴謹控制其愛情故事，擺脫濫情與煽情。」

現已去世的艾文・豪爾以當年大老身分推崇薩拉馬戈，自然令這部作品備受美國文壇重視。但美國著名小說家約翰・厄普戴克（John Updike）對這部小說敘述聲音的變化，則認爲偶有失控（參看以下《靈視的愛情》選段欣賞）。

《拒絕去世的詩人》

一九八四年出版的這部以現代葡萄牙歷史爲背景的小說，原題爲《歷卡度．雷斯去世的一年》。書題的名字乃葡萄牙二十世紀大詩人法南度．佩索阿（Fernando Pessoa）的筆名。這部小說構思奇幻，保皇黨醫生雷斯在一九三六年回到獨裁專政的里斯本，但剛自南美洲流亡回國的主角，立即發現其創造者、眞正擁有他「生命」的作家佩索阿，已經在那一年去世。但佩索阿仍然會在世上逗留九個月，而在他第二次死亡時，他的筆名（另一個面貌）雷斯醫生亦會隨他消逝。

美國著名評論家及比較文學學者麥可．伍德教授有以下的分析：「這部遼闊、逗笑、有時令人不安的小說裡，雷斯不時與佩索阿的鬼魂見面談話。但雷斯又能夠和有血有肉的女性（當然是小說中的人物）發生肉體關係，甚或生子，而作爲背景的里斯本又非常眞實，充滿歷史細節。滿目皆爲貧困，空氣洋溢著恐懼。雷斯被沙拉沙獨裁政權的秘密警察跟蹤。但小說又以風趣、親密的口吻，將雷斯所思所想暗暗顚覆。……整部小說的『現實』是如此小心記錄、細膩經營，一九三六年如在目前，比當下還要實在。」

英國著名評論家及理論家加伯列爾．祖西保羅奇則認爲此書除佩索阿之外，阿根廷的幻想大師豪赫．波赫士應是另一重要影響。同時又指出：「薩拉馬戈的風格及關懷自然是他自己的。而其風格彈性之餘，十分濃稠，段落甚長，第三人稱與第一人稱不時對調，除了句號和逗號外，沒有其他標點符號。……小說讓我們看到，三〇年代中葉的歐洲，尤其是葡萄牙，大概會是什麼樣子。結尾時佩索阿在世上的九個月到期，找雷斯帶他回墳墓，這個尾聲的低調經營，另具詭異的神話色彩。」

《石筏》

《石筏》在一九八六年出版，也是葡萄牙和西班牙正式加入歐洲共同體（歐盟）的一年，再加上小說的構思甚爲奇特幻異（整個西葡半島突然和歐洲大陸崩脫，漂流出海），因此不少書評人都將這個情節設計視爲對葡歐關係、葡萄牙與前殖民地關係之省思。

美國葡語文學學者艾溫・史坦認爲西葡半島的崩裂，其實是間接象徵這兩個國家長期以來（好幾個世紀）與歐洲的隔絕和距離，但又同時象徵加入歐體的新社會。英國書評人阿曼達・霍金森則特別重視薩拉馬戈的敘述聲音的嘗試，書中人物之一既是角色，又是代表作者的敘述聲音。另一英國書評人約翰・格列遜則讚賞其文筆：「薩拉馬戈的文字是如此強調源源不斷的流動，以致一些標點符號都放棄，但又沒有放棄可讀性，再次令我這個本來存疑的讀者恢復信心，因爲最初聽到故事大要時，實在沒有閱讀的衝動。然而，讀畢全書，覺得不但是西葡的，也是歐洲的，不但是可讀的，也是發人深省的。」

《耶穌福音》

一九九一年在里斯本出版的《耶穌福音》，即耶穌的新畫像、新傳記，面世後在天主教國度的葡萄牙，爭議不斷，而大西洋兩岸文評界也眾議紛紜。對某些教內人士而言，書中最大膽的，是耶穌的肉身童貞喪失在《新約》中多次出現的妓女馬莉．馬德蘭身上。

英國書評人露思．巴維指出：「薩拉馬戈是葡萄牙的首席作家。儘管如此，此書出版後的風暴完全可以理解。小說的調子溫柔崇敬，但主旨則緩慢地逐步浮現。而在結尾前關鍵性的一場充分顯示，這個主旨就是對宗教在實踐上的殘酷無情地指責。在這一場，祇可以發問的耶穌，向沉默的神不斷請問即將來臨的凌遲，即將以他的名義來忍受的苦楚，其時連魔鬼撒旦都爲之動容。耶穌的一生向來不乏詮釋者。希臘小說家卡山扎基的《耶穌的最後誘惑》讓耶穌最後勝利。但對基督及基督徒殉道痛苦的問難、對人間溫暖的歌頌，薩拉馬戈無疑更接近日本天主教小說家遠藤周作。薩拉馬戈筆下的耶穌沒有勝利，祇有悲憫。」

另一位英國書評人約翰．畢特則認爲，薩拉馬戈既是歷史唯物論者，這部耶穌新畫像的出現尤爲弔詭，因爲，「此書的原創、狂野和美麗，即使那些最固執的無神論者，都會心軟，同情書中的耶穌。」而美國書評人伊倫．史達文斯則說；「薩拉馬戈其他精采小說雖有待譯介，但此書已足以確保其在人類記憶及世界文學的位置。」

四、《靈視的愛情》選段欣賞

葡萄牙著名小說家荷西．薩拉馬戈一九八二年的長篇小說《靈視的愛情》（原題《奉獻修道院》）英譯本在一九八七年面世後，美國當代小說名家約翰．厄普戴克曾發表評論（現見厄所著文集《*Odd Jobs*》），認爲此書寫作模式是魔幻現實主義，但魔幻洋溢之餘（例如女主角貝夢達有靈視能力，眼睛可看透人家的靈魂），情節似欠缺動力，而又不時有一種超然的語調評鑑筆下人物。另一位書評人保羅．史都維則認爲全書魔幻有餘，寫實不足，因此不夠生動。

就這兩個反應來看，後者似乎不理解，薩拉馬戈的文學源頭並不完全是拉丁美洲的魔幻現實主義，而是歐洲的「奇幻」（fantasy）文學傳統；而前者則忽略了流浪冒險小說的「綴段式」鬆散結構傳統。此外，薩拉馬戈在一九八三年的一個訪問中，表示此書特意採用傳統說書人可以現身插入情節中去品頭論足的角度。

下面的選段，或可說明「寫實不足」的批評，其實是相當刻意的，因爲行文之直截了當、簡約濃縮，相當清楚。而且，如果讀薩拉馬戈一九八四年的《拒絕去世的詩人》，應很清楚其寫實和雕鑿的筆力。

波德沙跟隨貝夢達回家，並不是有人要他這樣做，而是因爲貝夢達問他的名字時，他回答了，所有原由因此都不需要。……他倆在靜默中對坐一小時。波德沙起來過一次，放些木頭在快熄的火上，而貝夢達動過一次，剪了下油燈，好維持火焰。在室內的亮光中，波德沙終於問：妳爲什麼問我的名字？貝夢達回答：因爲母親想知道，而且她也很想我知道。妳又怎知道呢？妳又不能和她說話？我知道的，雖然我不能解釋爲什麼我知道。不要問我我答不出來的問題。最好像先前那樣，跟我回家，問都不問。現在，如果你沒地方去，留下來吧。

——我得去馬弗勒。家人，父母和姊姊都在那兒。

——在這裡留到你一定要走的時候吧。總有時間讓你回家鄉的。

——妳爲什麼要我留下來呢？

——因爲是必要的。

——這不成理由。

——你不想留下，就離開吧！我不能迫你留下。

——離開這兒，我沒有力量。妳迷惑了我。

——我誰都沒迷惑。我什麼都沒說。我甚至沒碰你。

——妳看進我的靈魂。我留下的話，睡那裡呢？

——和我睡。

他倆一齊躺下。貝夢達是處女。妳幾歲？波德沙問。貝夢達回答：十九。但就在她說話的剎那，她長大了，血滴落在床褥上。中指和食指指尖沾上處女的血後，她在空中畫完十字後，在他胸口近心房處畫上十字。兩人都赤裸著身子。鄰街有爭執的怒吼，劍刃的交鋒，腳步的急馳。然後一片死寂，血也停了。

波德沙翌晨醒來時，看到貝夢達躺在身旁，吃著麵包，但雙眼緊閉。直到吃完才睜開，那時雙眼看來是灰色的。她向他保證：我永遠不會窺看你的靈魂。

一九八九年

二見葛拉斯

第一次見到葛拉斯的時候，印象最深刻的是他的褐色燈芯絨外套。接著就是他握手時，感覺上的粗糙，也許和作家平常也做雕刻有關。

葛拉斯不是一個講客套話的人。三言兩語後，就談到「敏感」的話題，也就是中國大陸的政治形勢。在七〇年代後期，香港無疑已是一位原西德作家最能靠近大陸的邊緣。現在事隔多年，實在已記不清楚向他「報導」、「道聽塗說」了什麼。倒是陪同我們的德國同事不時插入一些他個人的看法。

雖然早知道葛拉斯關心中國，也介入實際政治，但聽他談到《毛澤東選集》、魯迅小說、《魯迅論文藝》（德文本）等，還是不免訝異，尤其是當作家用介乎德語和英語之間的發音來講這些名字的時候。大陸「文化大革命」剛結束不久，其實心情矛盾、複雜得很，不少事情都不知從何說起。面對著殷切期待的表情，有點張皇失措，大概難免。陪著葛拉斯走下香港中區富麗華酒店的自動扶手梯時，衹覺得我們周遭的豪華璀璨，和我們關心的議題距離很遠。

再見到葛拉斯時，還是燈芯絨上衣，衹是看人時眼睛朝上斜，因爲戴了老花眼鏡。這時中國大陸已經開放了七、八年，文學藝術亦已生機重現。葛拉斯也看過一些中國大陸作家訪問團的作品和德文的報導。對思想領域的開放，他是肯定的。但記得他對當時大陸的引進外資，則「憂心忡忡」，認爲不免會流於廉價勞力的剝削，重蹈「第三世界」其他地方的覆轍。這個道理不難明白，但在周遭一片德語夾雜英語的人聲中，就有點不知從何說起的感覺。幸好話題很快轉到兩德的政治，作家對當時西德的執政黨和反對黨，似乎都頗有意見。一個會永遠不滿意的理想主義者，心裡這樣想。

後來主人要向他介紹晚到的賓客，在轉身前，作家將杯子轉到另一隻手，緊握中再說了一次很高興，但這回的手掌有點濕，向下略微傾斜的雙眼似乎也有點疲意……。

一九九九年

最後的德語大師

在瑞士小說家及戲劇家馬斯．弗里施和費德里希．杜倫馬特、奧地利小說家彼德．漢克和湯馬斯．貝恩哈特等相繼逝世後，一九九九年諾貝爾文學獎得主的原西德作家君特．葛拉斯（Günter Grass），無疑是當代德語文壇最後一位世界級的大師。儘管葛拉斯成名甚早，台灣的評論文字也不時提到他，但作品的譯介極少。

君特．葛拉斯在當代文藝界的成就極爲罕見。他在各種文類及藝術媒體的探索，不但評論界推崇，市場上也成功。葛拉斯是小說家、詩人、散文家和戲劇家，也是雕刻家及畫家。

一九五六年至五九年間，葛拉斯一家依賴出版社的小額資助住在巴黎，並寫出《錫鼓》。一九五八年獲「四七社」年度獎。《錫鼓》震驚德國論者及讀者，強迫他們正視二次大戰時德國中產階級的表現。

「四七社」因在一九四七年九月首次聚會而命名，是不很正式但極具影響的德國作家及評論家的團體。成員除葛拉斯外，有漢力希．波爾、烏威．約翰遜及伊爾莎．艾興格等。結合時的共識是要開拓發展嶄新的文學語言，好與納粹時期的宣傳文體完全決裂。

在德國，葛拉斯長期以來不但以小說馳名，亦以其政治觀點的爭議性而知名。葛拉斯一向支持社會民主黨，曾有十年是社民黨領袖威理・布蘭特的首席演講撰稿人。一九八九年至九〇年間是極少數公開抗議兩德統一過速的知識分子。一九九〇年就出版了兩本討論統一的文集。

一九九九年

奈波爾得獎的意義

大熱門這麼多年，奈波爾終於在二〇〇一年等到了諾貝爾獎。對奈波爾及世界英語文壇來說，絕對是實至名歸。奈波爾得獎最重要的意義無疑是後殖民英語文學的全面肯定。

二戰後英國殖民地紛紛獨立，從此全世界都出現殖民主義消退後的新興英語文學。這些文學經歷數十年掙扎，在宗主國的文學大傳統籠罩下，摸索自己的聲音，探討本地風土人情如何通過舊宗主國的語言和文學典範來表達。對全世界的老英國殖民地作家而言，這是一場漫長、無休止的心靈搏鬥。奈波爾是極少數早已成功的。在密切觀察世界英語文學行情的評論界裡，這在十多年前已爲定論。《大河灣》（*A Bend in the River*，一九七九）更被譽爲二十世紀小說大師康拉德後最成功的「黑暗心靈」之旅。

二戰後英倫三島文壇創造力日衰。波吉斯（Anthony Burgess）、高定（William Golding）、浮爾斯（John Fowles）三位雖力求突破，分別在追憶往昔、象徵寓意、後設敘述（meta-fiction）三方面有所成就（高定甚至獲一九八三年諾獎），但終究後繼無力。代之而起的生力軍是來自舊殖民地的印裔、巴裔、錫蘭裔、非洲裔、加勒比海、馬來裔，甚至香港華裔的青壯一輩。

奈波爾的得獎也可說是瑞典學院對原屬「弱勢」的族群的肯定。一九九一年得諾獎的小說家葛蒂瑪本是南非的「非主流」；一九九三年美國的童妮・摩里森是非裔女性；一九九二年的沃克特是英、美詩壇之「邊緣」；甚至一九九五年的愛爾蘭詩人奚涅亦非英國主流。

然而，所有後殖民時期作家，面對舊宗主國的語文傳統，往往又恨又愛，既吸收又抗拒，在斷裂、告別、建立自我之糾葛中，不免又心不由己地「內化」、承繼某些大傳統因子。

職是之故，奈波爾以後殖民身分成爲英國現實主義大傳統的殿軍人物，在二十世紀末跨越新世紀，遙遙呼應往昔的光輝，毋寧是弔詭、反諷的。

二〇〇一年

世界的英語作家

——英籍印裔千里達小說家奈波爾

英國老牌短篇小說名家普列切特（一九〇〇年生）在去世前曾說，奈波爾是當代英國最傑出的小說家。早在一九七一年，奈波爾亦獲得大英國協的布克小說獎，在英國文壇奠定聲望。

奈波爾作爲英國文壇的生力軍，多少有點歷史的反諷。因爲其父母均爲英國殖民地時期的印度人，又定居於英國在加勒比海的殖民地千里達，可說是殖民加上流離的雙重疏隔。在千里達成長的奈波爾，自幼成績優異，對文學一直極感興趣。一九五〇年獲千里達留英獎學金前往宗主國念書。一九五四年自牛津大學畢業，獲英國文學學士。大概在畢業前後，奈波爾開始寫作短篇小說，以千里達的成長經驗及米格爾街的小人物爲題材，完成一部短篇集《米格爾大街》。但此書沒人願意出版，遲至一九五九年才問世，同年獲毛姆文學獎，嶄露頭角。前幾年奈波爾曾任職英國廣播公司。獲獎後全力投入寫作，可說是畢生以創作爲志業的專業作家。而一九六一年的《畢斯華士先生的屋子》出版後，大西洋兩岸好評如潮，自此確立其在英語小說家中的地位，生活亦從此無憂。

六〇年代初重訪加勒比海，寫下報導文學兼文化考察的《中途旅程》，開啓其日後同類型的作品。隨後去印度「尋根」，但對印度的社會、政治、文化頗爲失望，寫下與《中途旅程》同一性質的《幽黯國度》，結論是，「去了一趟不該去的探訪，將自己的生命撕成兩半。」後來在印度中止行憲的一九七六年，奈波爾重訪印度，批判更爲凌厲，但也努力剖析自己的困境：「對我而言，印度是一個困難的國家。既不是、也不可能是我的家鄉；但我又不能排拒或漠視；我更不能祇是去觀光……」這趟文化之旅的文字，一九七七年結集爲《印度：受傷的文明》。

在七〇年代中，奈波爾亦有非洲之旅，並以此行觀察作小說《大河灣》的基礎。此書一九七九年面世後，西方評論界推崇備至。享譽國際的文論大家愛德華・薩依德在多次演講裡，將此書與英語小說大師康拉德之《黑暗的心》相提並論，認爲成就足以晉身世界小說史。著名美國小說家約翰・厄普戴克也盛讚此書，認爲「展現寬宏的、托爾斯泰式的精神」。現已去世的紐約文評界大老艾文・豪爾特別推崇此書的「心理及道德張力」。

奈波爾的小說雖馳譽國際，但其文化考察與遊記結合的作品，則令他遠在魯西迪之前，就成爲國際爭議人物。例如《中途旅程》就被加勒比海一些知識分子指斥爲「新殖民主義」之代言人。對印度的觀察和評論反應更壞，被控爲戴著白人眼鏡的扭曲視野。而一九八一年《在信徒的國度》，對伊朗、巴基斯坦、馬來西亞和印尼等國伊斯蘭原義教派的省思，也引起很大的反彈。

奈波爾曾無可奈何地自嘲爲一個「沒有過去、沒有先祖」的作家。從他對加勒比海、印度、非洲、回教等關連密切的文化及國族，一直愛恨交織、欲抱還休的態度，可以看出一位第三世界的後殖民作家文化認同上的困惑、身分歸屬上的尷尬。

奈波爾在一些訪談中曾提及「身爲作家的恐懼」，亦即是「如何寫下去的恐懼」，「何以爲繼的恐懼」。奈波爾在五〇年代初曾抑鬱得自殺。對他而言，創作不輟也是維持神智清明的法子。用他的話說，「生死就在一髮之間」。在奪下諾獎桂冠之後，想來這位「世界公民」的心魔終於可以破解了吧。

二〇〇一年

他不是頂級的

——解讀二〇〇二年諾貝爾文學獎

二〇〇二年諾貝爾文學獎爆出大冷門，由匈牙利小說家因熱・克爾特斯（Imre Kertész）奪得。但與其說是頒給他的文學成就，倒不如看成對 Holocaust 文學的肯定，而克爾特斯恰巧也是以親身經歷撰寫這種文學的最後倖存者。

Holocaust 源出拉丁文，指毀滅性大火；後來被借用，泛指二次世界大戰期間納粹德國以毒氣及其他手段大規模清洗歐洲猶太人的滅族屠殺。二戰後五十多年來以集中營滅族過程的親身經歷爲題材的作品，都稱爲 Holocaust 文學，中文大概可稱爲「滅族」文學。

二戰後盟軍解放的集中營，以奧斯維茨（Auschwitz）最可怕。兩年多後義大利作家普里莫・萊維（Primo Levi，一九一九—一九八七）出版紀實作《如果這還算是個人》（一九四七），應是第一本倖存者的吶喊。稍後另一倖存者波蘭詩人達德烏斯・布洛夫斯基（Tadeusz Borowski，一九二二—一九五一），以波蘭文發表兩部短篇小說集，亦被視爲紀實小說（faction）。萊維和布洛夫斯基的作品在六、七〇年代譯成英語後，震動英語文壇。萊維的集中營續篇《覺醒》一九六五年面世後更受重視。兩位作家的作品都以冷靜、客觀的角度，簡樸、白描的筆法，保持距離的平衡，重塑活地獄的凶殘，將夜以繼日的毒殺，和二十四小時不停的求生掙扎，近乎自虐地等量齊現，最終都能將苦楚悲痛轉衍成道德反思。

二戰後納粹集中營毒氣大屠殺曝光後，德國大儒阿登諾（Theodor Adorno，戰時流亡美國）嘗說，面對奧斯維茨，還能寫詩嗎？然而，原籍羅馬尼亞的猶裔詩人、屬於羅馬尼亞德語族群的保羅・謝朗（Paul Celan，一九二〇—一九七〇）就以自己的集中營經驗入詩，通過現代主義的手法（瑰奇的語法、文字的多義），寫出〈死亡賦格〉等名篇，被視爲二十世紀德語世界里爾克（Rilke，一八七五—一九二六）之後最偉大的詩人。

不過，集中營的倖存者而成爲大作家的，似乎都因爲倖存而困擾，不知道爲什麼六百萬同胞死難，自己卻能存活。萊維甚至認爲：「倖存的不是眞正的見證……被淹沒的、沒有歸來的才是完整的見證。」集中營逃生後的萊維一輩子受抑鬱症所苦，終在一九八七年盛傳他將獲諾貝爾獎時自殺。而保羅・謝朗更早在一九七〇年五十歲時自沉塞納河。最反諷的是，布洛夫斯基沒有死於納粹毒氣，卻在一九五一年開煤氣自盡。在二十一世紀初回顧，萊維和謝朗非但是Holocaust文學的重鎭，更是義大利小說和德語詩壇蜚聲國際的殿堂人物。可惜的是，諾貝爾文學獎都錯過了他們，最後衹能在本世紀初以克爾特斯來「後備」補替（這又讓人想起一九八八年沈從文早逝而讓中國文學與諾獎無緣）。

克爾特斯在匈牙利文壇也不是主流。一九八〇年代中葉香港《八方》文藝叢刊籌辦匈牙利文學專輯，訪問匈牙利文論家安尼可・巴路巴斯博士（後出任駐英大使），並由巴氏負責編選作品，記得當時克爾特斯就不是首選的第一批作家。而克爾特斯遲至七〇年代才出版的集中營小說，更可說是匈牙利少數族群的境外少數經驗，讀過萊維、布洛夫斯基及其他法、德、捷、義、比、荷等同類作品的讀者（包括不少歐洲人都熟悉的安妮・法蘭克《安妮的日記》），都不會視爲匈牙利文學經驗的主流，儘管這是整個歐洲的共同經驗。

克爾特斯的兩部小說的英譯者凱特麗娜・威爾遜（美國喬治亞州大學比較文學教授）就坦率承認：在匈牙利克爾特斯並不是很有名，也不被視爲頂級（top）作家，一般衹看成比較好（one of the better）的作家。不過，德國在戰後持續不斷地反省、自責、補償，使到一九九〇年代匈牙利民主自由化後，精通德語、能以德語發表文章的克爾特斯的集中營滅族文學，得以脫穎而出，備受賞識，更通過德語文壇的掌聲，以倖存者文學的最後代表，摘下諾獎桂冠。

附記：

Holocaust 文學也有不少純以歷史材料加上想像力而寫成的，例如一九八二年澳洲作家湯馬士・肯納理（Thomas Keneally）的英國布克獎得獎小說《辛德勒的名單》（後由史蒂芬・史匹柏拍成電影）。著名美國小說家威廉・史特朗（William Styron）的《蘇菲的抉擇》（一九七九；一九八二年由阿倫・柏克拉搬上銀幕）亦非親身經歷。有不少猶裔血統的作家及評論家認爲這類「非倖存」、「純想像」的作品，再好也是「以假亂眞」，頂多是「次貨」。

二〇〇二年

黛萊達及其撒丁尼亞小說

葛拉齊雅・黛萊達（Grazia Deledda）的母語不是義大利文，卻是第一位奪得諾貝爾獎的義大利文學家。

黛萊達成長於義大利旁的撒丁尼亞島。自耶穌誕生時起，這島一向自外於歐洲大陸。因此，著有《海與撒丁尼亞》（一九二一）的英國著名小說家勞倫斯（D. H. Lawrence）曾說：「撒丁尼亞仍然是歐洲最未開發、最遙遠的地方，島民特異，歷史背景神秘……神秘，因爲居民尚未進化，尚未被近代文明觸及。」遠古時來自北非的島民向以牧羊爲生。迦太基、羅馬帝國、阿拉伯人、嘉泰蘭人、西班牙王國等，都先後占領過這個島，但以沿海地區爲主。其中以羅馬帝國最長久，影響也最深遠。直至黛萊達在世時，島上農耕仍是羅馬帝國的舊法，而撒丁尼亞語，據語言學者的研究，更是以拉丁文爲主幹（撒丁尼亞島在今天的義語化，依近年一些語文學者的觀察，與二十世紀六〇年代以來電視普及有關）。而最後的占領者是近代的義大利人；及至十九世紀，義大利成爲民族國家時，一併將這個島納入版圖。

撒丁尼亞的舊風俗不許女孩子念太多書，黛萊達在一八八二年十一歲時衹好輟學。十二歲時，曾以撒丁尼亞語寫作的父親，聘請家教，黛萊達才開始在家學習非母語的義大利文；故其寫作能力及文學知識基本上是自修得來。而其早慧，一八八六年十五歲時就正式發表第一則短篇小說，足以明證。但成熟後的小說作品，文體簡樸、明快直率，想或與其用義大利文寫作不無關係。黛萊達作品開始成熟時，都在島上的偏遠閉塞度過，因此與當時籠罩文壇的「頹廢派」主流毫無瓜葛。受法國象徵主義影響的頹廢派主張「為藝術而藝術」，影響主要是當日的幾個大城市。以農牧為主的撒丁尼亞，直至二十世紀中葉仍是個「前現代」社會，雖然表面上已有公權力（政府）和法治，但整體運作與千載以來的約定俗成無甚二致。其社會結構仍是宗族式的，解決問題的手法與部落社會大同小異（例如手刃仇人、血債血償之類）；天主教的教化底下盡是民俗迷信和民間儀典。因此，黛萊達筆下的「地域性」，就與英美小說家的地域色彩不盡相同。因為撒丁尼亞的特別原始，與大自然一般，無可避免，是籠罩一切的先天存在，讀者難免感到，其筆下人物的性格、心理及行為，不免受原始性這個因素左右。因此也有論者提出英國小說家湯馬士・哈代（Thomas Hardy，一八四〇——一九二八）後期小說裡近乎宿命的悲觀，來與黛萊達比較。然而黛萊達小說裡狂野的激情、本能的誘惑、嚙噬的罪惡感，則似乎比哈代的《黛絲姑娘》等更為奔放失控。D・H・勞倫斯則認為黛萊達筆下的世界，英語世界裡祇有艾蜜莉・白朗蒂（Emily Brontë，一八一八——一八四八）可以相提並論。

黛萊達一八七一年生於撒丁尼亞島中央山區（羅馬帝國時鄙夷地命名為「Barbaria」，即「蠻荒」之意），與一公務人員結婚後移居羅馬，努力筆耕之外，持家生子，一生平淡。一九二六年獲諾貝爾文學獎。一九三六年去世，遺體運回家鄉安葬。畢生著有長篇小說三十多種，較知名的除《惡之路》外，有《艾利亞斯・波度盧》（一九〇三）、《長春藤》（一九〇六）、《風中蘆葦》（一九一三）、《母親》（一九二〇）。一八九六年的長篇小說《惡之路》，在出版後多次修改，一九一六年刊行定本，內容幾近全部重寫。台北一方版「世紀文學」系列的中譯本，即以一九一六年版譯出。

一九二六年諾貝爾文學獎的頌詞，特別提出《惡之路》來分析；現摘譯如下：「在這部小說，黛萊達生動描繪撒丁尼亞獨特的婚葬風俗。葬禮時戶戶關窗、家家熄火停灶；哀樂隊詠唱悲傷的輓歌。小說栩栩如生捕捉這些古老的風格，是如此自然樸實，不禁令人想起荷馬的史詩。比起不少作家，黛萊達的小說裡人與自然的結合，更為水乳交融，人物彷彿就是撒丁尼亞土壤裡的植物。這些人大多為純樸的農民，感覺和思想像是遠古人物，但又特具撒丁尼亞自然景觀的恢宏。個別人物與《舊約聖經》的重要人物幾乎如出一轍。也許他們與我們一般認識的人物極為不同，但給我們的印象絕對是眞實的。」《惡之路》的情節並不複雜。女主角愛上男工，但囿於名聲、家庭、階級，祇能嫁個有錢人。丈夫突然遇害、男工神秘發財後，二人終能結合。女主角後來發現，老情人竟是殺夫眞凶。在情愛與責任、罪惡與救贖之間，加上自保和內疚，女主角面臨的抉擇就複雜起來。熟悉舊俄小說及中國舊小說的讀者，對這個情節和困境，應另有一番體會。

二〇〇三年，《惡之路》台北一方版中譯本導言

世界的推理

二

偵探小說與現代文學理論

台北《聯合文學》月刊一九八五年第十期的重頭戲是「推理小說特輯」。這個特輯除了作品選譯，還有好幾篇論介。其中一篇是英國散文家蔡斯特頓（G. K. Chesterton）的「爲偵探小說辯」。柯南道爾的福爾摩斯之後，蔡斯特頓在一九一一年爲英國的小說偵探添加了直覺敏銳的布朗神父。但在那個年代，偵探小說是消閒讀物。創作偵探小說，對一些作家來說，更是隱遁在筆名後面的活動。蔡斯特頓不但創作偵探小說，還一再寫文章辯護，認爲偵探小說也有好壞之別。好的也不亞於所謂嚴肅的小說。

蔡斯特頓的論點之一是，偵探小說的結局總是粉碎罪惡、伸張正義，是道德秩序的重建。蔡斯特頓強調偵探小說的道德訓誨作用，或許源於他的天主教信仰。不過，從讀者的閱讀反應來看，傳統偵探小說的結局，無疑有一種蕩滌作用，一種心理上的滿足感。不過，照英國現代詩名家奧登的說法，這種滿足感可以追溯至西方基督教文化裡的原罪觀。甚至進一步說，西方人對偵探小說的入迷，正因爲偵探小說有善與惡的倫理選擇，而這個選擇，又重新間接喚起西方基督教倫理的罪與罰、告解與救贖等老問題。奧登的朋友戴—劉易士（C. Day-Lewis，詩人及批評家，曾任牛津大學詩學講座教授，用筆名寫偵探小說）更認爲，偵探小說的興起和西方社會宗教的沒落有關，因爲前者成爲原有罪惡感的新去處。

從「原型學派」文學批評的觀點來看，奧登和戴—劉易士的說法也可以用另一個角度來解釋。「原型學派」認爲文學作品之能超越時空去吸引讀者，是由於作品包藏重複出現的主題、母題、人物及意象等（亦即「原型」）。《舊約聖經》裡的伊甸園、伊甸園的失落、該隱的謀殺亞伯（即所謂人類第一宗謀殺案），長期以來就盤據西方文學的想像世界，不斷變奏出現；偵探小說裡的罪惡世界，無疑是失樂園後的景象。有幾位「原型學派」批評家曾經指出，「追尋」是所有神話英雄必然經驗的過程，沒有「追尋」的鍛鍊，也就沒有神話英雄的誕生。推而廣之，在嚴肅的文學裡，從荷馬史詩到現代的啓悟小說，追尋的過程自外在世界轉移至內心世界，但仍可總攝於「追尋」這個原型。偵探小說不是殿堂文學，但在其通俗的想像世界裡，「追尋」無疑是構成這個文類的最基本公式。在傳統的偵探小說裡（如克麗絲蒂的作品），「追尋」的重點僅在於破案及犯罪過程的揭露。但在美國名家漢密特和錢德勒（Dashiell Hammett and Raymond Chandler）以大都市爲背景的「硬漢派」（hard-boiled）偵探小說裡，「追尋」的過程往往涉及威逼、利誘、社會黑暗面，成爲主角（偵探）的道德感及正義感的考驗。在這個層次上（尤其是錢德勒的作品），於「原型學派」眼中，「追尋」的原型顯可與嚴肅文學裡歷練、選擇、個人成長的情況相比。

奧登和戴—劉易士對偵探小說風行西方的解釋，大概不是傳統佛洛伊德學派所能完全接受的。美國心理學家柏德臣—克拉格（Geraldine Pederson-Krag）在一篇五〇年代頗有影響力的論文裡曾說，閱讀偵探小說的經驗，大略相當於孩童時期的 primal scene；這個心理分析術語是指兒童初次發現（眞實的或想像的）父母性交行爲及隨之而來的震撼和不安。這篇論文認爲偵探小說的罪案及其秘密相當於本來隱蔽的性行爲；小說裡的各種線索，相當於兒童逐步對各種細節的蒐集和瞭解；而偵探當然就是兒童本身。但閱讀偵探小說之不同於原有的孩童經驗，在於小說可以讓讀者不斷在下意識裡重新體會這個經驗，但不會有附帶的不安及焦慮。如果這個說法可以成立，那麼大概偵探小說迷在性心理好奇方面，都有某種執著吧。

佛洛伊德雖然是大師，但也有考慮欠周的地方。例如在心理分析過程中，語言是醫師（及對象）必然依賴和運用的。語言在這個過程中扮演的角色，及語言本身的先天性局限，佛洛伊德並沒有注意。到了五〇年代，法國心理學家拉康（Jacques Lacan）受語言學家索緒爾的啓發，將語言學的一些觀念與心理分析作科際之間的整合；在一九六六年以歐美偵探小說先驅艾德格・愛倫・坡的作品〈盜信記〉爲例，說明語言系統及其運作如何影響個別主體的身分之建立。拉康的學說在七〇年代大盛於歐美，人稱「法國佛洛伊德學派」。

不過，心理分析學派對偵探小說的探討，顯然未能顧及作品的基本組織成分（例如情節及人物塑造）。在這方面，六〇年代中葉開始盛行的結構主義敘述學提出另一個分析角度。結構主義敘述學啓肇於神話分析，將不同的神話抽離其原有的社會歷史時空，孤立地互爲覆疊，找出功能相同的個別元素，重組成深藏於表面迴異的現象下的共通深層結構。義大利學者艾可（Umberto Eco）曾經將伊安・法蘭明的〇〇七特工小說全部覆疊，簡約出一個共通的結構公式，並將所有的小說人物分成兩個對立的價值系統。他認爲〇〇七特工小說表面上雖然繽紛歧異，但不過是這個公式及基本意識形態的不斷變奏。而這些小說之能風行一時，是因為在每個表面上不同的閱讀經驗裡，讀者能夠重溫其喜愛及熟悉的慣例。艾可認為這個說法也可推及偵探小說。

法國學者羅蘭・巴特（Roland Barthes）則指出，作品的基本模式可以是相同的，但個別意義的產生，還得通過閱讀時對既定的示意系統或「語碼」的掌握。他提出五種「語碼」作為分析手段，其中第一種「疑問語碼」是傳統小說中最常見的。一般而言，傳統小說的興趣是說故事，而說故事離不開賣關子；製造懸疑和提出問題自然挑逗讀者追讀小說的興趣。因此，雖然巴特並沒有特別提出偵探小說，但這個語碼在偵探小說中顯然最為突出。英國學者凱慕德（Frank Kermode）就曾借用巴特這個觀念來說明傳統小說與現代主義小說之異同，他並特別用偵探小說來說明傳統作品在情節、人物、模擬現實方面的特徵，指出「擬問語碼」在傳統作品中的顯著。而在現代主義小說裡，這個語碼雖然表面存在，但往往失落在事件的多義性、結構的遊戲、主角的內在經驗裡，成為非常次要的成分（凱慕德的法國「反小說」例子甚至拒絕在結局時解決小說的懸疑，成為沒有結局的結局）。

相對於結構主義敘述學特別形式化的分析方法，社會文化學派強調作品的意義（尤其是屬於社會現象的通俗文學），必須回歸到歷史、社會和文化的脈絡裡方可彰顯。美國理論家詹明信（Fredric Jameson）就認為：錢德勒的小說還能讓讀者目睹社會人情風貌，瞭解生活的形態；而在現代主義作品裡，人物的面目日益模糊，社會的外在眞實由孤絕的內心眞實取代。此外，小說的推理性逼使讀者關注個別細節，因為連日常生活的習慣都可能是重要線索，而這種細節描寫與情節緊密結合，又不同於自然主義式的徒然大量堆砌。同時，錢德勒的情節安排（經常涉及大都市社會的不公、頹廢、黑暗），往往使主角（偵探）出入於上、中、下流社會，因而包羅社會的「全體性」。也可以說，這些特色正是錢德勒小說與克麗絲蒂等傳統偵探小說的重大分歧。誠如彭淮棟在《聯合文學》的「推理小說特輯」所說：「克麗絲蒂本人對人性、善惡、美醜等價值有相當中肯的看法，但小說既情節至上，這些問題甚少容身餘地。她再奇變的謎團、再莫測的過程，經過乾淨俐落的剝解收拾，物無隱貌，不奇、可解。最忠於遊戲規則，莫過乎此。但是，人的性格不見了，成爲棋子，由作者精心掉弄。現實裡有很多收拾不齊的線索頭緒、無法收拾的人事關係。」同理，松本清張一些作品之能有所超越，正在於他能跳出情節謎團的遊戲規則。谷巴在《聯合文學》這個特輯裡也指出，松本清張的人物、背景、情節都落實在日常生活裡，又特重社會民生，而對生活細節的捕捉，令人感到是在看「一幅活生生的社會生活史」。

社會文化學派素有「辯證的」與「庸俗的」兩條路線之爭。後者常將上層建築等同於經濟基礎。從這個大前提出發，東德的 Ernst Kaemmel 就認爲偵探小說之風行西方，源於資本主義的不公和不義；孤立的英雄（偵探）單槍匹馬的勝利，宣洩群眾的怨憤，但又免除實際政治行動的重擔。他辯稱這個說法顛倒過來，就能解釋共產國家何以沒有偵探小說，但又認爲共產國家可以容納這個文類，不過內容應該改成公安人員智擒少數「壞分子」。這種說法不但「庸俗」，且教條十足，完全抹殺作者與讀者馳騁想像力的需要。然而，根據紐約聖若望大學金介甫教授對近年大陸犯罪小說的研究，上述的寫作模式正大量湧現。

或許一些學者認爲偵探小說難登殿堂，不値研究，也不屑一讀。然而，如果有志研究當代小說形式上的發展，偵探之道恐也得略知一二。法國「反小說」健將霍布—格里耶和米修・布陀，俄裔英語小說大家納布可夫，義大利名家李奧納多・夏俠（Leonardo Sciascia），德語小說家杜倫馬特，都曾借用這個文類形式寫出他們的代表作。

一九八五年

英美篇：筆鋒偶帶懸疑

傳統推理、偵探小說一般都是處理懸疑、追查罪案、揭露犯罪過程。大體上可分成兩個形態：第一種如大家熟悉的克麗絲蒂的小說，以線索謎團的推敲破解爲小說重點。第二種就是近年來譯介比較多的「粗線條」、「硬漢派」（hard-boiled）小說。主要代表作家是美國的漢密特（Dashiell Hammett）和錢德勒（Raymond Chandler）。這兩位的小說雖然也有推理、懸疑和偵探，但破案的過程都會涉及大都會的陰暗面、人性的軟弱和墮落，同時也考驗偵探主角的道德情操和正義感。

以上這兩種小說作品後來都各有大量模仿者，也風行世界各地，不必多做介紹。華文讀者可能比較少注意的是不少現代國際小說名家筆下，偶一出現的推理、懸疑、罪惡、偵探等元素。在這些名家的重新構思裡，這些元素往往都展示嶄新的面貌。重量級名家的這種作品通常又可以分爲兩類。第一類或可稱之爲「打磨傳統派」，以精采的文字和構思來寫一般認知的推理或偵探小說，不崇尚形式與技巧的革新。第二類可稱爲「革新傳統派」，可說是舊酒新瓶，以文字、形式或技巧的革新爲目標，表面上借用推理或偵探小說的形式或元素，實際上有更大的創新企圖。

在二十世紀大西洋兩岸的英語小說界，葛林（Graham Greene）是屬於第一類，以人物、情節、構思三點最突出。文字當然是第一流。代表作有一九三八年的《布萊登棒棒糖》（此書於一九四七年改編爲電影，執導《甘地傳》而獲得奧斯卡金像獎的導演理察・艾登布祿，當時才二十歲出頭，擔任男主角）。另一部涉及偵探罪惡的代表作是一九四三年的《恐懼部門》，後來也由德國表現主義大師弗烈茲・朗（Fritz Lang），拍成黑色電影（film noir）的代表作。

葛林一九三六年出版的《職業殺手》，開宗明義的首兩個句子：「謀殺對雷凡（書中男主角）是沒有意義的。謀殺祗是一件新工作。」至今膾炙人口。這兩句話先聲奪人，生動地塑造出一個冷面殺手的形象。一九四二年這部小說被好萊塢搬上銀幕，背景搬到美國大城，大量採用光影加強氣氛渲染；男主角亞倫賴德的冷酷，女主角薇蓉妮卡・蕾克的美豔，一冷一熱，相映對照，搭配極爲成功，成爲「黑色電影」的典範配搭。但葛林對這改編倒不是十分滿意。

英國另有一位著名文學家戴—劉易士（Cecil Day-Lewis），亦曾從事第一類「打磨傳統派」的偵探小說創作。戴—劉易士爲著名詩人、古羅馬經典英譯家，一九三五年發表首部作品《全看證據》時，不想偵探小說的通俗性對其「嚴肅」作家身分有影響，以筆名 Nicholas Blake 發表，不料一炮而紅；後來以同一偵探爲主角，續寫了近二十本。詩人這個神秘身分在晚年曝光，但無礙在一九六八年受皇室冊封爲桂冠詩人。與葛林比較，他的作品十分傳統，走克麗絲蒂一路，文學質地遠遜葛林。

和葛林同一時期的美國大家海明威（Ernest Hemingway），也有一部小說含有不少推理成分，就是一九三七年的《*To Have and Have Not*》。這部作品本應屬於上述第一類，但有個重要的特色，就是海明威那種簡潔、濃縮的招牌新聞體和冷峻的調子，反而倒過來對後來的「硬漢派」偵探小說發生重大的影響。今天我們讀不少當代美國偵探名家的作品，還可以看到這部小說的餘風流韻。

《*To Have and Have Not*》一九四五年由霍華・霍克斯（Howard Hawks）拍成電影，由後成夫妻的亨佛萊鮑嘉和洛琳白考兒合演。說巧不巧，改編劇本的工作落入另一位跟海明威一樣贏得諾貝爾文學獎的美國文壇大師福克納（William Faulkner）手上。四〇年代在好萊塢做合同編劇的福克納，因華納影片公司《北非諜影》票房成功，企圖投觀眾所好，如法炮製，把海明威的原作改得面目全非。不過，福克納自己在四〇年代也寫了一系列偵探短篇小說，以他熟悉的美國南方爲背景，以一位名叫蓋叔叔的本地律師扮演查察罪案的偵探角色，先後有六篇小說都以蓋叔叔辦案和破案爲情節，在一九四九年結集出版。（福克納同年獲諾貝爾獎時，還有一些外行的美國報紙，嘲笑說偵探小說竟也能得獎）。這幾篇小說都具有福克納擅長的南方語言、景觀、社會問題和種族矛盾等地域特色，但在當時不受評論界注意。

到了六〇年代，楚門・卡波提（Truman Capote）一九六五年出版的《冷血》（*In Cold Blood*），勉強可算是第二類「革新傳統派」。卡波提當年不斷在媒體上把這小說宣傳成「非小說的小說」，強調其非小說的眞實性，其實就是以新聞事實爲根據，加上各種調查的紀錄，以故事架構重組，敘述一宗震撼全美的凶殺案。因爲是重寫，所以對話和心理狀況都是卡波提重新創造的。雖然背景、實景、犯案過程等都有事實根據，但在卡波提重新想像的過程中，個人聲音和主觀控制都相當濃厚；殺人者的面貌並不特別鮮明，反而是卡波提的個人風格較爲突出。這是三十多年後回顧這部名作的重估，但在六〇年代中葉，這部書初出版時，卻轟動美國文壇，風行一時，隨即拍成電影，九〇年中又拍成迷你影集。不過這部作品其實擺盪在第一類打磨傳統與第二類革新傳統之間；因爲在形式上並無太大突破，祇在取材上有突破，可說是美國第一部「新聞小說」。

與卡波提一向不對頭的美國小說大家諾曼・梅勒（Norman Mailer），在一九七九年有一部作品很接近《冷血》，也是取材自舉國震驚的殺人新聞，就是《劊子手之歌》（*Executioner's Song*）。梅勒這部作品比卡波提更進一步，意圖追究殺人者在現實生活裡的心理狀況和內在動機。雖然梅勒也做了大量的採訪和調查，可是在重構筆下人物的時候，他盡量泯滅自己的聲音、語調和觀點，而以異常客觀、極度貼近筆下人物的身分、口吻、情境來發言。所以人物的講話敘述恰如其分，非常生動，幾乎是把眞實生活不加過濾地記錄下來，像是這些人物直接對讀者說話。這種技巧晚近論家稱爲 **narrated monologue**，其總體效果比《冷血》高出一籌，因後者的語言含有太多作者的主觀成分，顯得「失眞」。此書是較接近第二類的作品。梅勒力求不加解釋的呈現，遠勝卡波提粗淺的六〇年代的心理分析，所以說不定梅勒的作品還比較不容易過時。可是梅勒也有第一類型、非常傳統的推理小說；一九八四年出版的《硬漢不跳舞》（*Tough Guys Don't Dance*），暢銷一時，後來梅勒還自編自導，在九〇年代初把這部非常傳統的推理小說搬上銀幕，但電影的反應不佳。

在美國中生代的小說名家裡，也有幾位走革新傳統路線的推理小說家，其中的佼佼者應推保羅・奧斯特（Paul Auster），代表作是《紐約三部曲》（*New York Trilogy*）。第一部叫〈玻璃的城市〉，講一個偵探小說家陷在一個謎團裡，最後不得不扮演起不同的角色，很明顯是意圖探討身分危機的問題。第二部叫〈鬼〉，寫一個名叫「藍」的偵探，受聘於一個叫「白」的雇主，去調查一個叫「黑」的男子。第三部叫〈鎖上的房間〉，講一個作家在寫另一個失蹤的作家的生平傳記，研究推敲中竟然逐漸取而代之，變成了那個作家。從內容看，這三部小說都不是一般的推理小說，具有強烈的實驗性，想要探討身分與認同、現實與虛構、擬眞與幻想的轇轕。由於奧斯特旅居法國多年，長期翻譯法國前衛作品，也很熟悉法國「反小說」的「新小說」，《三部曲》受「新小說」的影響，利用「新小說」的筆法，革新推理的傳統，都有跡可尋。這個影響持續到後來的《月宮》（一九八九）與《大海獸》（一九九二）。但奧斯特後來的長篇小說，沒有再作形式的革新，祇可說是正統推理元素的拼湊摻混。近年他的興趣轉移到電影方面，先是跟王穎合作《煙》與《煙續集》，去年進而獨立拍片，寫作較少。近幾年的新進小說家，第一類和第二類的創作都有，但都有待時間的考驗。

一九九八年十月二十五日

南美篇：成為獵物的獵人

南美洲小說向無偵探推理傳統。一九一〇年代福爾摩斯探案通過西班牙文翻譯開始風行南美洲後，其他英國偵探小說也陸續登陸。在眾多讀者中，文學大師波赫士（Jorge Luis Borges）更是樂此不疲的老讀者。由於波赫士母親是阿根廷英裔，童年時的兩位家庭教師都是英國女士，因此閱讀英語還先於西班牙語；第一次世界大戰後又留學劍橋大學，所以他對英國老派偵探小說的偏愛與其特殊背景不無關係。

波赫士本人在這方面最早的嘗試是罪案短篇小說〈歧路花園〉（後收入一九四一年同名短篇小說集）。有趣的是，波赫士首次出現英語文壇，竟是以「偵探小說家」的身分亮相。一九四八年《艾勒里·昆恩推理小說雜誌》推出國際推理小說英譯專號，後來成爲波赫士代表作之一的〈歧路花園〉意外入選，成爲南美洲選樣。對波赫士而言，雖然英國偵探小說是偏好，但美國的艾勒里·昆恩（Ellery Queen）倒不是陌生的名字，在其短篇、散文、論文、札記裡都經常出現。

不過，收入一九四四年《杜撰集》的〈死亡與羅盤〉則肯定是波赫士對老派偵探傳統「致敬」之作，但同時也有出人意表的顚覆。這則短篇裡的主角自許爲奥古斯特・杜邦（艾德格・愛倫・坡一系列推理小說裡的幹探），與三次巧妙行凶的謀殺犯鬥智，雖然成功推算出第四回謀殺的時間地點，但出現後才發覺自己成爲獵物。這篇小說不但點出偵探與謀殺犯「你中有我，我中有你」的人格雙重性，又同時大玩波赫士拿手好戲的文字雙關性（過於複雜，此處不贅），再加上邏輯遊戲、鏡子、迷宮等波赫士作品經常露面的母題，絕對可視爲其代表作。

幻象與眞實、虛構與事實、僞裝與眞相之間的辯證互動也是阿根廷現代主義小說大家葛塔薩（Julio Cortázar）曾經致力表達的。一九五九年小說集《遊戲終結》裡的〈放大〉爲這方面的代表作。小說後來由義大利名導演安東尼奧尼搬上銀幕，通過電影映象來演繹攝影與眞相（是否無意中拍攝到一宗謀殺）之關係，更爲淋漓盡致。片子在一九六六年上映時，成爲首部全球賣座的嚴肅「藝術」電影，翌年並獲坎城最佳影片獎。（此片香港六七年上片時中譯作《春光乍洩》，前幾年被王家衛拿來作片名。）

與這兩位大師不同的則是秘魯小說名家巴加斯・略薩（Mario Vargas Llosa）。他吸收的推理元素沒有用來探討形而上的玄秘，反而是旗幟鮮明地揭批軍事當局的黑暗。一九七三年的暢銷名作《潘達雷昂上尉與勞軍女郎》即爲代表。小說講潘達雷昂上尉奉高層密令僞裝商人，秘密組織流動妓女勞軍團，最後因軍中名妓「巴西女郎」被殺而暴露身分，勞軍團隨之瓦解。這部小說的控訴性很清楚，但其重大突破不是內容，而是技巧。早年有些論者稱之爲「結構寫實主義」。這個頗令人混淆的術語其實是指小說家將意圖呈現的「現實」（故事），先在想像中分解成不同成分的各個單元，然後以近似電影敘述的分鏡頭、多角度、割接、跳接等手法來重組各單元，因此同一頁上可以有三、四個不同時空、場景、人物、對話等毫無過場承轉的跳躍式結合。此外，整部小說的結構也追求類似空間性的立體感，因此全書十章裡有三章都用對話構成，另有三章（第二、四、六章）則全爲各種公文、文件的羅列，還有一章（第七章）則是電台廣播的「實錄」。小說還有一個平行發展的情節，講宗教狂熱導致殺人案；而平行性進一步加強立體感。這部小說自然不是傳統的推理小說，衹是利用了這類作品裡的秘密、懸疑、查訪、眞相暴露等元素。

在一九八六年的中篇《誰殺了莫雷諾？》，巴加斯・略薩則放棄敘述形式的革新，回到傳統的偵探、推理框架，但內容仍是對軍頭和軍權的批判。故事講空軍基地司令與女兒亂倫，發現女兒愛上青年莫雷諾時，設計殺害莫雷諾；警探追查至將要眞相大白時，先殺掉女兒才開槍自殺。案子最後自是不了了之，而警探也被調職。這部中篇將道德崩敗與體制腐蝕、社會黑暗掛鈎等同，與美國「硬漢派」偵探小說名家雷蒙・錢德勒的一些作品相似。而以巴加斯・略薩本來對錢德勒的認識，受到影響毫不爲奇。

與以上三位大師相比，出道較晚的阿根廷小說家馬努葉・普易（Manuel Puig）在美國反較爲一般讀者熟識，因爲根據其一九七六年小說改編成電影的《蜘蛛女之吻》在八〇年代中葉上片時，同性戀內容備受矚目。但一九七三年發表在《蜘蛛女之吻》前的長篇《布宜諾斯艾利斯案件》，雖然副題作「一部偵探小說」，一般推理讀者恐怕看不完開頭幾十頁就會掩卷放棄。普伊赫自小就陶醉於好萊塢老片（包括偵探推理的「黑色電影」），也很熟悉美國「硬漢派」偵探小說；在不少訪問中也提到這是他一生中的重要影響。他襲用偵探小說類型時，雖在好些訪談中聲稱是要「挽救」這個文類，但他在成規及敘述結構上不斷扭轉和顚覆，令一般讀者的心理預期無法滿足，其實祇是借用偵探小說的名稱來經營「文本互涉」的總體趣味。而在普伊赫的世界裡，各種罪行的來源並不是個別「歹徒」，卻隱然是社會建制。於此，普伊赫的觀照與南美洲小說的正統主流（從批判寫實到魔幻寫實）其實是異曲同工的。

一九九八年十月二十六日

西歐篇：閃爍不定的光影

十九世紀法國文壇引進艾德格．愛倫．坡之後，其詩作對象徵主義及超現實主義影響深遠，但其偵探小說則始終祇是法國心理學派文學理論的研究對象，創作上似無啓發。

第二次世界大戰結束後，法國文化界在一九四六年夏天突然看到一堆美國推理電影，包括約翰．休斯頓的《馬爾他之鷹》（原著爲漢密特偵探小說）、比利．懷爾德的《雙重賠償》、弗烈茲．朗的《窗中女子》等。由於內容都是罪案，加上攝影光暗對比鮮明，大量陰影和夜景，法國影評家 Nino Frank 便以「黑色電影」（film noir）這個名稱來概括。這個類型自此成爲法國電影界及文學界的偏愛，並開始模仿。

但文學界的借鑑自然不會囿限於傳統的偵探模式。打出「反小說」旗幟的「新小說」大將亞蘭．霍布—格里耶（Alain Robbe-Grillet）在一九五三年及一九五五年先後發表《橡皮》和《窺視者》兩部長篇，表面上都是凶殺案的偵查。但除了精確的時間表、細緻的事物紀錄、詳盡的往來報告等可說是偵探小說原有特色的殘餘，其壓抑故事性、白描體文字、鉅細無遺的大量外物描寫，都使小說乖離傳統的寫實作風。而結局的曖昧、模稜、含糊，更是一般偵探小說的顛倒。今日回顧，這些作品的實驗性其實歷史意義超過藝術價值；對一般讀者而言，更乏可讀性。

五〇年代借鑑偵探小說敘述模式來開拓「嚴肅」創作疆界的，尚有瑞士德語名家杜倫馬特（Friedrich Dürrenmatt）。一九五二年出版的《法官和他的劊子手》是這方面的代表作；在懸疑推理之中，針砭社會現實，涵蓋不同生活面貌，藝術性與可讀性兼具。另一部偵探小說《任務》則大膽革新，作文體實驗，全書分二十四個短章，均用一個極長的單句構成，讀者自然得特別費心。

另一位瑞士德語文學大師弗里施（Max Frisch）在一九八二年出版的小說《藍鬍子》，是流行童話的現代重詮。童話裡的藍鬍子一共殺過七個太太。弗里施筆下的主角雖然也娶過七位太太，但都活得很好，祇有第六名妻子在家中被主角（外科大夫）的領帶勒死。這樣一來變成疑凶，數十人（包括六位太太）出庭作證，但最後無罪釋放。弗里施的手法相當特別，通過外科大夫獲釋後日常生活裡的大量回憶，將控方、辯方、證人之間對話（即審訊場面）逐段再現。但在不斷回憶出來的段落，又加插主角的想法、夢境、過去的書信，甚至幻象。換言之，弗里施祇是利用偵探小說的推理破案過程的框架，探討他作品裡常見的身分危機（我是誰？）、人的異化、人格的分裂、人性固有的不穩定性等主題。

比杜倫馬特及弗里施出道晚很多的奧地利德語名家彼德·漢克（Peter Handke，一九四二年生），一九七二年發表的《短短的信札，長長的道別》（一九七八年拍成電影），書名的後半很明顯是向「硬漢派」偵探名家錢德勒「致敬」，因爲是錢德勒名作《*The Long Goodbye*》（曾兩度搬上銀幕）之德文翻譯。漢克的小說以一封短信開頭：「我在紐約。請不要來找我。最好不要來找我。」這封短札是一位年輕妻子寫給作家丈夫的。做丈夫的當然不會不去找，於是第一人稱的「我」便展開橫跨美國的旅程，途中逐步認識自我，最終更爲成熟。這個模式無疑是德國十九世紀風行的「成長啓蒙」小說之變奏。記得長期擔任耶魯大學德國文學講座教授的Peter Demetz 對漢克的少作十分刻薄，曾指其一九六六年的實驗性小說《黃蜂》是「一本第二手的福克納，由一個第三流的霍布—格里耶完成」。但這部外表是偵探小說的作品，冷靜的內在分析與熱鬧的外在旅程結合緊湊、平衡微妙，兼且妙趣橫生（在紐約看好萊塢老牌女明星洛琳白考兒、在加州聽大導演約翰・福特講人生道理），不但爲漢克圓熟之作，且將他推上國際文壇。

與德語文壇一樣，義大利也是二次大戰後才有美國「硬漢派」偵探小說的譯介。一九二一年出生的西西里小說名家李奧納多・夏俠（Leonardo Sciascia）也很接近錢德勒，希望通過小說來呈現、分析社會的整體面貌。雖然夏俠的批判性尤有過之，但其筆觸刻意低調、特重客觀呈現、迴避主觀訓誨。一九六一年的代表作《白天的貓頭鷹》以黑手黨的幾宗謀殺案及隨之而來的徒勞無益的偵查，展示黑道及金錢的幕後勢力如何腐蝕公權，最後國家機器與地下幫派合而爲一，成爲共同體（或共犯結構）。但夏俠筆下的狀況當然遠超過西西里島，而是義大利社會的縮影。難怪有一篇訪談曾指出：夏俠「一開口講話，一提筆寫作，便會掀起軒然大波，原因或許是他處理的全是事實」。

同樣亦以偵探小說來揭露社會、歷史問題的，尚有西班牙小說家曼紐爾・蒙塔萬（Manuel

Vazquez Montalban）。六〇年代曾被法朗哥政權下獄的蒙塔萬，在一九七二年出版《我殺了甘迺迪》，通過偵探的辨案過程，讓讀者透視西班牙社會全貌，而其中的黑暗、墮落、不公又可自然流露。小說出版後極受歡迎，自此開始偵探卡瓦略系列，不意竟成爲西班牙時代變遷的小說化紀錄。一九七九年的《南方的海》更榮獲西班牙普拉內特獎，爲「偵探」小說首次獲得文壇正統的肯定。蒙塔萬因此表示：「文學祇應該分好壞……而不應該分類型。」蒙塔萬這些小說在八〇年代後期開始受英語文壇注意，至今已有英譯五種。

一九九八年十月二十八日

俄蘇篇：智擒壞分子

舊俄小說向有偵探、推理的傳統。杜思妥也夫斯基兩部長篇《罪與罰》（一八六六）和《卡拉馬助夫兄弟們》（一八八〇）雖是探討沉淪與救贖的經典，但都有幹練的偵探追查凶手，並從犯罪心理的角度來破案。以簡潔精鍊的短篇小說馳譽世界文壇的契訶夫也曾以短篇的形式來寫推理；十九世紀末發表的〈賭注〉雖無罪案，但懸疑十足。一八九一年的中篇《決鬥》是其最有名的犯罪小說，但又同時呈現舊俄文學裡常見的「零餘人」的知識分子形象，並反映當時社會裡幾種流行卻衝突的思潮；其深度自然遠超同一時期流行於英國的犯罪推理小說。

俄國一九一七年十月革命後，原來非常流行的通俗偵探小說不得不逐步改頭換面，以迎合政治新形勢。時任蘇共政治局委員、黨喉舌《眞理報》總編輯的理論家布哈林提出「紅色偵察員」論點，主張以勇敢聰敏的工人（無產階級代表）來取替英語及俄語偵探小說原有的布爾喬亞階級的主角，並專事揭發資產階級大亨及走狗的罪行。一九二〇年代從事這個「新」類型的有卡達耶夫（Valentin Kataev）、愛倫堡（Ilya Erenburg）、阿歷克謝・托爾斯泰（Aleksei Tolstoi）、謝克洛夫斯基（Viktor Shklovsky）等年輕作家。其中謝克洛夫斯基至今仍見知於國際文壇。但與「紅色偵察員」小說無關。謝氏在二〇年代亦為俄國形式主義文學理論大將（原來的文學團體稱為「詩語言研究會」），認為所有作品的獨特性完全不在內容，而在於各種表現手段的運用和整體組合。謝氏專攻小說敘述理論，曾以其特有觀點分析福爾摩斯小說，又在一九二五年的名著《論敘述》，局部分析英國大師狄更斯的長篇《小朵蕾德》的推理、懸疑成分，至今仍為重要理論文獻。

一九三〇年代史達林全面掌權後，大量作家被鎮壓、處死、流放西伯利亞。再加上「社會主義現實主義」（socialist realism）文藝政策的推行，認為社會主義國家已解決剝削問題，社會主義「新人」已在締造中，因此現實生活裡祇有光明面，內部更不會有邪惡與正義之衝突。在這種論點高壓下，「紅色偵察員」小說也「完成歷史任務」，無疾而終。（首倡這個類型的布哈林在一九三八年被處死。）

史達林去世後，寫過「紅色偵察員」小說的愛倫堡在五〇年代中期發表中篇小說《解凍》，冒險闖禁區，率先為蘇聯文學創作鬆綁。自五〇年代中葉到六〇年代中期的十年，蘇聯評論界也承認是「創作的春天」；西方學界更稱為「解凍時期」，並將這個時期的文學創作統稱為「解凍文學」。這個時期重提人道主義思想、倡議「寫眞實」、「干預生活」（即揭露暴行醜聞）、打破「無衝突論」等。這些大膽突破，間接為七〇年代中後期出現的公安小說鋪路。

所謂公安小說，即是警察、偵探或其他公安人員智取力擒社會上的「壞分子」或企圖搞破壞的「反革命分子」。這其實就是資本主義國家裡犯罪小說的蘇聯版本。當年蘇聯小說創作仍有不少條條框框的時候，這個類型的冒現（其實可視為「紅色偵察員」小說之新變奏），總算是悶局裡的新機，雖然今天亦已成為「歷史遺蹟」。

一九八五年戈巴契夫全面執政後，蘇聯進入「改革開放」時期，擯棄意識形態包袱的推理小說正式進入蘇聯文壇。普列斯塔夫金（Anatoli Pristavkin）在一九八七年出版的犯罪小說《金色雲朵在睡覺》就代表蘇聯進入八八年第三屆「國際罪惡小說作家協會」小說獎的決選。但「改革開放」在經濟上也相當於「自負盈虧」。因此在一九九〇年前後，蘇聯不少出版社都不得不大量推出俄譯克麗絲蒂偵探小說（稍後更旁及其他），來維持基本運作。在九〇年代初，克麗絲蒂竟成為蘇聯最流行的女作家（據九一年夏筆者與俄國著名評論家納塔莉婭・伊凡諾娃的對談）。近年來俄國作家在這方面急起直追，在英語世界較為知名的森米奧諾夫（Julian Semionov），在俄羅斯亦極為風行，已有《春天的十七個時刻》、《塔斯社奉命宣布》等罪案小說譯成英文。從蘇共建政到蘇聯瓦解，推理、犯罪、偵探小說的際遇，也未嘗不可視為二十世紀俄語文學的縮影。

一九九八年十月二十九日

非洲篇：寓教育於娛樂

在不少學者眼中，肯亞著名戲劇家及小說家吳古奇（Ngugi wa Thiong'o，一九三八年生）的第一部長篇《別哭，小孩》（一九六四），是東非洲英語文學創作的序幕。而一九七七年的《血之花瓣》咸認為是野心最大、最具代表性的作品。

此書再次以肯亞的歷史變遷為背景，大體上深化、拓展吳古奇過去處理過的主題（肯亞的季古遊民族文化與舊宗主國英國殖民文化的衝突；獨立自主鬥爭帶來的希望與幻滅）。技巧上除加強四個主要人物的心理刻畫，更不時引進本地口頭傳統的神話、傳說、詩歌。全書雖用標準英語寫作，但在詩歌和對話裡，開始用拼音、符號來表達當地的季古遊語，別具一格（在此書出版前後，吳古奇也開始完全改用季古遊語創作）。

由於吳古奇的反抗新舊帝國主義、反抗新老殖民主義的激進立場，令西方評論界經常忽略《血之花瓣》自西方借用的傳統偵探推理小說模式，及吳古奇對這個傳統背後的成規之懷疑及顛覆。首先，一般西方推理都會肯定警探的個人智勇，但《血之花瓣》裡偵探的事功，反將他推向不公、不義的壓迫者那邊。其次，西方一般推理的是非好壞，背後是長期沉積的文化、宗教價值觀，但在一個經歷反殖民鬥爭、尙在反獨裁抗爭的地方，黑白曲直就不見得很清晰，而會隨著時代有所變化。此外，在吳古奇的眼中，如果社會建制（獨立前後兩種不同的不道德壓迫）會扭曲「人性」，那麼關鍵似乎是先有社會改造，才能有司法正義、「心靈潔淨」。

與吳古奇一樣，一九九一年諾貝爾文學獎得主南非小說家葛蒂瑪（Nadine Gordimer）的不少作品也相當政治化，早年有些著作亦遭南非白人政權禁制。但葛蒂瑪在運用偵探推理元素上，純屬敘述手法，觀點就沒有吳古奇那麼備受爭議。在榮獲諾獎那年出版的短篇小說集《跳》裡，葛蒂瑪有一則短篇〈開槍前的一刻〉，先以一個白種男人開槍誤殺農場青年黑人雇員後的內心反應鋪陳情節，最後再以全知的敘述角度在小說最後一句透露眞相（年輕黑人其實是白人的私生混血兒子），雖有點奧・亨利式的突發逆轉，但餘弦不斷，濃鍊地展示種族歧視、社會壓力、人言可畏等造成的悲劇。

葛蒂瑪雖是南非馳譽國際文壇的大家，但對廣大的偵探小說一般讀者來說，南非最有名的小說家大概是詹姆斯・麥克雷（James McClure）。七、八〇年代頗風行於英語推理世界的是麥克雷以一對警探（一白一黑）爲主角的推理系列。但除了慣見的懸疑調查，這些作品充滿日常生活細節（因可能是線索），社會風貌因此涓滴流出。讀者在跟蹤案情發展時，往往因此無意中窺探、體會種族歧視建制化後的殘酷不公。出身新聞記者的麥克雷一九八八年定居英國時接受美國東華州大學 Don Wall 教授訪問時，指出偵探小說的社會涵蓋面極大，同一作品可包括各階層多種面貌，其他類型就不易有此「整體觀照」。這個看法與美國文化評論大師詹明信（Fredric Jameson）早在一九七〇年析論錢德勒小說的觀點相似。麥克雷又表示，小說不是政治論文，不能看不下去；而如果祇寫很「嚴肅」的小說，讀者大概祇有本來就反對種族歧視的知識分子小眾，而本國可能還無法刊行；但表面上較「大眾」的偵探小說類型，反讓他能向極廣大的讀者群揭示南非種族歧視的運作及實況。由此觀之，麥克雷作品之風行，或許遠比不少一本正經的「說教」、「誠意」之作，更能潛移默化，寓教育於娛樂。

一九九八年十月三十日

美雨歐風

三

二十世紀・跨世紀・二十一世紀

二十世紀是戰爭的世紀。一九一四年爆發的歐戰是人類歷史上首次機械化的大規模戰爭。英國文學界菁英在此役傷亡慘重，因此稱爲「大戰」（the great war），並有「一戰文學」之誕生。在戰壕的另一方，德語小說家雷馬克也有《西線無戰事》之作。一九三九年至四五年間，全球捲入更大規模的總體戰爭，終以人類歷史上首次原爆結束。戰後的歐洲因而有猶太裔的「滅族」（Holocaust）文學、德國的「廢墟」文學、義大利的「新寫實主義」文學等；後來更間接催生五〇年代英國的「憤怒青年」、美國的「垮掉的一代」。一九六〇年代美國泥足深陷的越南戰爭則令一代人投入嬉皮文化運動，向詩僧寒山汲取靈感。在九〇年代，隨著蘇聯解體、東西冷戰結束，「社會主義現實主義」文學成爲歷史陳跡。但在美國獨霸，所謂「意識形態鬥爭已然結束」的時候，年輕一輩的作家在全球零時差的狀況，亦以不同角度切入「後冷戰」的現實。

二十世紀是科技的世紀。整行排鑄機（linotype）十九世紀末在歐美開始風行後，周刊、旬刊、半月刊等日益蓬勃，因此大量需求短篇小說，令短篇這個文類在二十世紀二戰前成爲迅速茁壯的西方類型。大西洋兩岸不少作家都能以此維繫生計。在世紀末，這個傳統已風流雲散，衹剩下《紐約客》尚在堅持。但一九五〇年代後印刷技術突飛猛進，廉價平裝本因此日益普羅，也爲作家帶來額外、甚至鉅額的收入。較能以故事情節引人入勝的長篇小說在書市力量的推動下捲土重來，再度成爲壟斷的類型。但九〇年代網際網路的出現不單使得市場的弱勢文類（如詩、譯詩）能夠另謀生存空間，也令少數語種的文學（如愛沙尼亞）能以英語網站，在邊緣向主流發聲。

二十世紀是女性的世紀。隨著教育的全面普及，女作家隊伍的成長最爲可觀。維吉尼亞・吳爾芙一九二九年發表影響深遠、堪稱女性主義宣言之《自己的房間》時，大西洋兩岸的女作家寥寥可數。一九二六年義大利女作家葛拉齊雅・黛萊達雖以卓越的小說成就獲頒諾貝爾文學獎，但她在英語文壇的備受矚目，則來自D・H・勞倫斯的大力推介。一九五〇年朵麗絲・萊辛寫非洲經驗的《青草高歌》在英國出版時，艾瑞斯・梅鐸還衹是蓄勢待發。但才不過是十年功夫，大西洋兩岸風雲急變，女作家開始撐起半邊天。及至世紀之交，女作家不再囿於「自己的房間」，在各類型的小說，從科幻到偵探，均可看到她們的身影。

二十世紀是後殖民的世紀。二戰前第三世界春雷乍響的民族主義，在二戰後老式殖民主義、帝國主義已無法抵擋。亞洲、非洲、拉丁美洲的新興民族國家在不斷抗爭中陸續冒現。而文學及文學語言更成爲這些國家確立主體性的重要手段。如何在原宗主國的語言、文化、文學傳統中發出自己的聲音，成爲不少作家的最大挑戰，也帶來這場論爭。弔詭的是，在世紀末，原宗主國的文壇（英、西、葡、法等）紛紛吸納、收編這些生力軍來茁壯自己。例如今天馳騁英國文壇的就有來自印度、巴基斯坦、斯里蘭卡、香港、千里達、牙買加、奈及利亞等地的作家。而拉丁美洲西、葡語文學的異軍突起，不單將這兩語種推入當代世界文壇，更爲原宗主國的文學帶來旺盛生機。

二〇〇三年，台北一方版「世紀文學」系列總序

歐美報紙副刊的發展

今日我們所見的中文報紙副刊，以刊載作家文學創作爲主。相對而言，歐洲和美國的報紙副刊，則從創作逐步轉向文化評論；也就是從發表詩、小說、評論，轉爲刊載書評、樂評、劇評、舞評、影評、文藝風潮報導、大師新動態等時空更特定的論述文字。

在十九世紀至二十世紀初期，歐美大報曾經刊載許多長篇創作，如狄更斯、莫泊桑等知名小說家的不少作品，都曾在副刊連載。但隨著報紙本身新聞性的加強，以及現代讀者不見得能夠每天抽空追讀連載性文學作品，報紙副刊便傾向於刊載短篇創作。短篇小說在英、美的興起與這個發表生態不無關連。後來極短篇或小小說在美國的風行（甚至有寫作指南出現），肯定與副刊的創作空間逐步萎縮很有關係。與此同時，各種評論文字因爲新聞性、時間性、消費指南性等報紙的媒體特質，而逐步擴大版圖。

如今歐美大報雖仍保持類似副刊的篇幅，但大體走向以文學、藝術、文化的評論爲主。副刊並因爲報紙本身的時間性、新聞性以及篇幅有限的特性，發展出特殊的路向。在時間性方面，由於每日出刊，方便抓緊時事脈動，立刻報導、介紹最新的文藝動態與文學創作；其新聞特性，便於機動性地將重要的文化新聞報導給讀者；而由於篇幅有限，難以持續刊登長篇文章，主編發揮的空間也較少，因此會和出版社、文學刊物配合，發展出互動關係與區隔性。於是專業的文學刊物專心刊載創作，出版社可以直接出版從未發表的長篇，而副刊則可以在大量編選後，配合出版社來報導、介紹、評論、摘錄最新的創作，訪問相關的作家。因此，主編的影響力相對擴大，眼光也不斷受考驗。

副刊的時間性、新聞性以及篇幅有限的三大特性，在諾貝爾文學獎揭曉時尤爲顯著。得獎消息一公布，大西洋兩岸報紙的文化版面，便立刻介紹得獎者生平、刊登得獎感言、摘錄相關作品、訪問專家、組織短論；一方面以最快的速度向讀者報導訊息，同時也利用副刊有限的篇幅略加介紹其文學作品，啓發讀者進一步的興趣。對讀者而言，不但可以立即瞭解世界性的文學新聞，同時也欣賞到文學作品。由此可見，報紙本身的特性雖然限制了副刊，但也開拓出另外一條路線，是刊物和出版社的先天性質做不到的。

英、美副刊已徹底地被輕簡短小的各類文藝、文化評論所代替；其他歐洲各國仍保有傳統文藝副刊的痕跡，所刊登的文化評論文章也明顯較具深度。

歐美副刊的走向

義大利大報副刊尤其保持歐洲早期文藝副刊的傳統，會刊載文學創作，包括詩、散文、短篇小說、長篇小說的片段摘錄，並有理論和評論等，像小說家和符號學家艾可就曾長期寫短論；早年的名家孟德萊（諾貝爾獎詩人）、卡爾維諾、莫拉維亞都曾固定寫些短小的評論。德國的一流大報則是文藝副刊與文化副刊形態並存，既刊載文學創作，也介紹外國作品，並有文藝評論、文化大事報導等。德國的文藝副刊傳統和台灣較為接近，但是篇幅較大，內容也非常硬，甚至連調節版面的小欄都沒有，多半是清一色的大塊文章。

法國報紙也早已走向文化副刊形態，雖然早期許多作家都在副刊發表創作，但是近來主要刊載思想和文化評論，例如羅蘭・巴特許多評論短文都在相關文化版面發表；他的評論文字有時很精短，正是受限於發表園地篇幅不大的緣故，這也間接反映出副刊對文學理論的影響。法國副刊還常透過訪談作家與學者的方式，深入淺出地向讀者介紹文化新知，有時副刊篇幅不夠，還以周刊補其不足。另外就是具有新聞性的專題製作，例如今年是法德一九六八年學生狂飆運動的三十周年紀念，兩國副刊都出現許多紀念性文章、當事人訪問、歷史性回顧。

西班牙第一大報近年也已走入文化評論和報導的方向，但偶然以其他版面增補。瑞典第一大報《今日新聞》則相當「硬」，曾刊載一些長篇訪談，令人印象十分深刻，例如法國解構主義大師德希達曾接受該報訪談，不但刊登了一整版，還附上基本書目，像是發表一篇學術論文，但比他本人的長篇論述還要來得理路清晰；該報也還有其他西方知名學者的長篇訪問稿，頗具學術性。遇有外國的文學家代表團到訪，也會有相關報導、訪談、作品介紹的摘刊。

台灣副刊的未來走向

英美大報副刊的形態，相當於台灣的《讀書人》、《開卷》等版面。歐洲的則屬於混合體。回過頭來看台灣報紙，解嚴之後由於報紙增張、字體放大，副刊起了很大的轉變。在歐洲祇有小報才刊登的八卦逍遣文章如明星起居注，在台灣報紙占據比例極大，使得原本副刊占據的總比例相形縮小，然而台灣的文學副刊與讀書性版面，相較於其他大量的影劇娛樂等版面，顯然更有建設性，編輯認眞嚴謹，且具保存價值。

相較於歐洲副刊，台灣副刊顯得較爲「文靜」，倘若在原本文學創作之外，走向文化副刊的層面，配合報紙的新聞性和資訊性，創造新的議題，往廣闊的文化藝術層面拓展，也許更能吸引各種知識分子的興趣，發揮更大的功效。

一九九八年

奧・亨利罪名依舊

——雷根總統婉拒特赦

一八九八年四月二十五日，曾任會計和銀行出納的威廉・席尼・波特（William Sydney Porter）在俄亥俄州鋃鐺入獄，罪名是一八九六年任職德州奧斯汀第一國家銀行時挪用公款。波特在獄中以奧・亨利（O. Henry）為筆名，開始寫作短篇小說。這個筆名，一說是獄中所用法國藥典作者名字，另一說是一位獄吏名字。不管怎樣，波特一九〇一年「行為良好」提前獲釋時，奧・亨利已成為本世紀初短篇小說名家。

奧・亨利出獄後移居紐約，專事短篇小說寫作，雖出入紐約上流社會，也經常流連小酒鋪和貧民區，自稱為紐約四百萬小市民之一。一九一〇年奧・亨利酗酒去世時，短篇共有三百多篇，其中以刻畫紐約曼哈頓市民生活的系列最為馳名。奧・亨利的作品筆法明快，細節精確，尤以諷刺語言及出人意表的結局見稱。

奧・亨利一八六二年出生於北卡羅來納州的格林保洛市，少年時即輟學在叔父的藥房當學徒；後來在德州牧場放牛，但在漫畫和唱歌方面都有一手。擔任銀行出納之前，曾經做過會計和土地局辦事員。在紐約成名後，絕口不提往事。然而，死後六年出版的第一部奧・亨利傳，對其出生於格林保洛市的少年身世及入獄秘密，全部公諸於世。

奧・亨利在文學評論界的聲望，一向起伏不定。二〇年代美國名作家孟肯認爲他「無甚可取」。四〇年代英國短篇小說家貝茲（H. E. Bates）雖推崇其說故事的能力，但認爲他「精巧有餘，內涵不足」。一九八四年出版的《美國短篇小說研究》，小說理論家菲臘・史提維克則認爲奧・亨利的語言和布局，自有其獨特之處，是其他不少模仿者始終無法「青出於藍」的。

不過，對於他生前的罪名和批評界的貶損，奧・亨利家鄉的民眾不以爲忤，在一九八五年籌募了十四萬美元，舉行盛大紀念活動，包括在格林保洛市上演據其作品改編的舞台劇，舉辦本世紀初的音樂會和舞蹈會，出版全國徵文比賽得獎的二十二篇短篇小說集，在家鄉舉辦本地少年作者徵文比賽，並在圖書館展出多種信札、文件、手稿等（其中包括以四千六百美元收購回來的五封信、一張明信片和幾本短篇集的初版本）。

這些活動均由奧・亨利家鄉的特別委員會負責（包括市長和兩位英文系教授），與歷史悠久的奧・亨利短篇小說評選及奧・亨利短篇小說獎並無直接關係。這個委員會本來想錦上添花，要爲作家洗刷生前污點，上電雷根總統，請求運用總統特別赦免權，來個「死後特赦」，爲奧・亨利「恢復名譽」。

不過，雷根總統的回電，來個避而不答，僅僅表示：「對於奧・亨利生平及著作的宣揚，樂於共襄盛舉。」但對於特赦一事，則隻字不提。要求「身後特赦」，奧・亨利曾經客居的德州，過去也曾兩度向白宮請願。一次爲奧・亨利去世後不久，威爾遜任總統的時候。另一次則是艾森豪威爾執政的時代。但兩次請願都遭拒絕。奧・亨利不少參加格林保洛市紀念活動的親戚，對雷根總統的拒絕特赦，都不介意。

其實，奧・亨利的文學成就自有公論；歷來以奧・亨利爲名的短篇小說選集及小說獎，都沒有因爲作家生前曾誤蹈法網而避諱或拒獎。一個作家的性格、生活，甚至品德，很多時候與作品及作品的成就，並無必然的關係。這在文學史上不乏例證。才德兼具固然理想，但如果有才無德，後人或擁護者也大可從容「一分爲二」，不必斤斤計較。

一九八五年

美國新政府的人文象徵

——黑人女詩人安潔羅

一九九三年一月二十日的第四十三任美國總統就職典禮，除慣見的宣誓儀式外，並特邀黑人女詩人瑪亞・安潔羅（Maya Angelou）撰詩朗誦。

美國總統就職而特意安排詩人寫詩並自誦，上一回是一九六一年甘迺迪總統上任，詩人是當時家傳戶曉的羅伯特・佛洛斯特。這次柯林頓在十一月底特邀黑人女詩人安潔羅作同樣安排，除表彰文學（人文精神）之重要，又有種族和諧、平權運動、文化多元主義的象徵意義。在政壇的世代交替意義上，這回和一九六一年甘氏自艾帥手上接棒，也大致相同。美國近幾年在國會圖書館本有無薪給的「桂冠詩人」之設立，此次不找「桂冠」而特邀黑人女詩人，前述象徵意義顯是主要理由。

一九二八年出生的安潔羅，本名瑪嘉麗特・強生，曾在阿肯色州及加州受教育。五〇年代活躍劇壇，演出之餘，也親自編導。後曾遠赴非洲「尋根」，在埃及及迦納等地工作。返美後終在一九六九年以自傳《我知道籠裡的鳥為什麼會唱歌》一舉成名。一九八一年的《一個女人的心》仍為自述，記載六〇年代她在民權運動的經歷。安潔羅在詩壇成名，主要是一九七一年的《在我死前給我一口冷水吧》（*Just Give Me a Cool Drink of Water 'fore I Die*）。一九七五、七八、八三曾分別出版三本詩集；一九八六年出版四卷本合集。安潔羅的詩與幾位黑人女詩人相仿，以節奏明快、口語化、吟誦特有效果見稱（上列英文詩集題目裡特別拼音即可看出這個特色）。

一月二十日的就職大典，這位出身貧困、曾經墮胎、被強暴、流離顚沛的黑人女作家，將在全世界的電視轉播中展現文字及朗誦的才華，但也代表了柯林頓新政府的進步精神。

一九九三年

文章有價書無價

——美國的書市及善本書

藏書大概是所有讀書人的癖好。但能夠念完自己藏書的，相信萬中無一。不過，書雖然讀不完，能夠珍而藏之，所謂坐擁書城，據說也是件樂事。然而，在不少賭徒眼中，書輸同音，買書非但是賠老本的嗜好，更是一大忌諱。但很多賭徒有所不知的是，其實書一樣可以「下注」，而且和賭馬不相上下，有熱門、冷門之別，也同樣講究眼光。當今之世，對書本「下注」最猛的，也是最有系統的，美國應可穩勝首位。通貨膨脹如火如荼時，不少投資者更別出心裁，來個買書保值；連通俗的《金錢》（*Money*）月刊也發表專文，介紹這個形式的投資保值。然而，究竟買什麼書才能保值，甚至升值，則學問大矣。因爲書市亦如股市，風雲變幻，消長之間，有時也令人無所適從。

要進入書市，一如投入股市，非得有點資金不可。但能挾鉅資入市，並不一定擔保就能有所斬獲，因爲書市的邏輯自成一套，不能單靠幾本文學史就貿然用兵。例如馬克・吐溫（Mark Twain）因爲生前就享盛名，《頑童流浪記》（*The Adventures of Huckleberry Finn*）和《湯姆歷險記》（*The Adventures of Tom Sawyer*）兩書的第一版印量頗大，對「馬迷」雖有極大吸引力，但在書市上價錢並不算高。反倒是印量不多的次要作品《跳蛙盛事》（*The Celebrated Jumping Frog*），早在七〇年代中葉的拍賣就已得價一千二百美元。這個價碼，顯然和文學史上的評價大相逕庭。相形之下，同樣是大師級的美國小說家亨利・詹姆士（Henry James），在身價上就頗爲見絀。一八八二年在倫敦出版的名作《仕女圖》（*Portrait of a Lady*），第一版也不過是五、六百美元之譜。而詹姆士大部分作品，一九八〇年代初都可在一、二百美元左右，購得頗爲完整的第一版。由此可見，就所謂善本的第一版而言，作家在文學史上的地位和作品的重要性，有時不見得就是投資的保障。

另一方面，作家的名氣生前死後又時有升降。以意識流技巧馳譽西方現代文壇的愛爾蘭小說家喬伊斯（James Joyce），生前一度窮得連褲子都買不起，但目前研究其作品的專論，不但「成行成市」，甚至有《喬伊斯研究季刊》之設。喬伊斯在生時，作品不易出版，又印量極低（因爲那個時候意識流是「看不懂」的），眞正的第一版是年年升値。至於簽名本或限量本，更有「千金易得、一書難求」之勢。例如美國南加州韓丁頓圖書館藏有的一冊一九二二年巴黎第一版，如果淡藍色紙面包裝完整無疵，又有作者簽名，在一九七五年的市價已是八千美元。至於《都柏林人》（*Dubliners*）和《青年藝術家的畫像》（*A Portrait of the Artist as a Young Man*），第一版市價也在二、三千元之譜。

和喬伊斯同時的艾略特（T. S. Eliot）就幸運得多。他不但生前就榮獲諾貝爾文學獎，且在中年後就可憑版稅悠遊度日。但他尚未成名時出版的長詩《荒原》（*The Wasteland*），因爲印量不大，供求關係較爲緊張，在八〇年代中，視版本狀況，浮動於一千五百元上下。大概愛屋及烏，甚至艾略特的翻譯作品，法國諾貝爾文學獎得主聖約翰・濮斯（Saint-John Perse）的長詩《安納貝斯》（*Anabase*），七〇年代中期就已浮動在一百三十元左右。而此書六〇年代不過售價數十元。

艾略特雖曾獲諾貝爾文學獎，但這項殊榮對於書市的行情，並不見得有長遠影響（獲獎時則一定市況上揚）；反倒是學院派批評家的意見，影響有時比較深遠。艾略特的價碼上漲，肯定與此有關。以《福爾賽特世家》（*The Forsyte Saga*）護諾貝爾獎的英國小說家高爾斯華綏（John Galsworthy），幾十年來因不得學院垂青，行情一直下跌，甚至有「停板」之勢。記得八〇年代中曾在北加州偶遇一套第一版，洋老闆不過叫價四十。這與數十年前的十倍於此，不啻天壤之別。另一個更鮮明的對比，則是德國諾貝爾獎得主湯馬斯・曼（Thomas Mann）的行情。由於歐美學界對他長期看好，使到連作品英譯本之第一版，也水漲船高。八〇年代初居然有掮客將《布登布魯克家族》（*Buddenbrooks: the Decline of a Family*）英譯本喊價八十美元，比高爾斯華綏的原作還要高出一倍。這樣看來，要投資書市當其「炒家」也不容易，一旦「進貨」有誤，就隨時血本無歸。

美國現代小說家中曾獲諾貝爾獎的，以福克納（William Faulkner）的行情最爲穩定，且每年健步上揚，堪稱書市中的「藍籌股」。七〇年代以來，福克納的作品都能維持在一、二百元左右。海明威（Ernest Hemingway）的作品，則起落極大。《戰地春夢》（*A Farewell to Arms*）一九七一年的拍賣價是三十六元，一九七四年漲至一百五十元。一九三二年出版的《下午之死》（*Death in the Afternoon*），在一九七四年拍賣得價二百二十五元，但不到一年，也有書商願以三十五元出售。故從保值眼光來看，福克納要比海明威上算。此外，海大鬍子生前交遊廣闊，鋒頭又勁，簽名贈書過多，使到簽名本價格長期抑壓，和福克納一比，可說瞠乎其後。福克納一九四二年初版的《*Go Down, Moses*》，簽名限量在一九七六年，才不過隔三十多年，就已得價二千美元，升值近二百倍。

一般來說，包括原有紙面書套而又完整無損的第一版要比略有小疵的版本，價格高出許多；簽名本更高；題贈本又更高；而題贈限量本最高。書市流通的大多爲初版和簽名本。後兩種比例較低。但初版即使完美無瑕，有時也難以確切定價，因爲印量及流通情況往往無法釐定。在這種情形下，市況通常會經過一段混亂時期，才平穩下來。至於題贈本，價格也是飄忽不定，端看贈送對象的身分而論。如係名家互贈，銀碼當然直線上升。據說很多年前，艾略特曾在紐約爲其新作做宣傳，安排一個下午到出版社直屬書店去見讀者和簽名。當時一位「讀者」買書後，請詩人題贈。艾略特問：「落誰的名字？」該名「讀者」答：「艾倫．金斯堡（Allen Ginsburg）。」詩人欣然爲之。金斯堡即以《吼》（*Howl*）一詩成名的「垮掉的一代」風雲人物，與艾略特的詩風剛好南轅北轍。這麼一題，該書身價將來自然非同凡響。至於金斯堡，大概到去世時還不知道與艾略特有這麼一段贈書因緣罷。

由於八〇年代初以來收藏家對善本、珍本的興趣越來越大，出版商投其所好，對稍有名氣的作者，都會製作一些限量本，以增利潤，並自抬身價。常見的限量本往往是在初版刊行時，同時取出一小批（一百至數百不等），個別印上編號，通常並請作者簽名，再透過掮客及代理兜售。有時出版商亦會在紙張、裝幀上加工，以示不同。這類版本索價一般不會過高，約爲市面行銷的初版之一倍或兩倍。例如美國小說家厄普戴克（John Updike）一九七八年的《*The Coup*》，出版商另行製作了三百五十部簽名限量本，每本之售價不過是二十五美元。這個版本未推出前，全美即有近二千位書商競投，由於僧多粥少，未上市即已暗中漲價。後來由於這類限量本的大量出現，使得正式發售的第一版，在藏書家眼中魅力大減。

這種形式的限量本另有一種花樣，往往是由出版社與某一連鎖書店或書展合作推出。出版社並不將初版編號，但另行印製一張插頁，由作者簽名，夾入初版內同時出售。美國小說家馬拉默德（Bernard Malamud）的《房客》（*The Tenants*，一九七一）、美國女作家瓊・蒂蒂安（Joan Didion）的《禱告之書》（*A Book of Common Prayer*，一九七七），都曾經這樣推銷。這個方式有點取巧，主要是在做宣傳。在書市上的價碼也比較混亂。

最珍貴的限量本，通常是祇有二十六冊，印刷編號僅自「A」到「Z」的初版簽名本。這種版本由於數量最微，在紙張和裝幀上也會特別講究。喬伊斯一九三九年出版的《芬尼根之守夜》（*Finnegans Wake*）即曾以這種形式出現，爲非賣品，僅作送贈親友之用。對於專門蒐集某位作者的收藏家來說，這種版本的能否到手，往往可以影響全套藏品的轉售價，因此常是競投對象。

美國出版商在正式推出嚴肅文學作品之前，常會將尚未裝訂的內文，先行簡單裝成一冊贈送各大報刊，希望刊物能夠安排書評，在全書正式出版之後，讓書評盡早出現，以廣招徠。這種形式的版本，一般興趣不大，但對經營某一名家的藏書者來說，則有特殊價值，再加上數量不大，有時也能博得高價。例如當代美國小說家湯馬士・品晉（Thomas Pynchon）的《*V*》，非正式刊行的書評用版本在八〇年代中已可得價五百美元上下。這個高價，肯定是因爲品晉作品極少，本書又特受學院派批評家推崇所致。一般小說的同類版本，絕少有此高價。

與這類版本類近的是校樣。美國出版社的最後清樣，通常都簡單地裝成一冊，有膠黏、打孔、穿線三種。就筆者見過的校樣而言，封面都是軟膠皮或色紙，書名及作者有時就用白紙印貼其上。這種版本又分已校改及未校改兩種。前者通常不會外流出售；未校改的則時有流通。此類版本一般藏家甚少收購，但對研究者或特藏家，仍有相當吸引力，因爲校稿應是原稿之外，一本書最早的形式。

目前美國書市的收藏雖已專門至校稿，但同時也拓展至傳統收藏家較少光顧的新興文類，例如科幻小說、西部小說、偵探小說等。同時，由於收藏家日眾，各種書訊、書目、書價評估等出版物，也應運而生。《讀書人年刊》、《讀書人周刊》、《美國藏書家》、《藏書家》、《史托齊及海夫納書訊》等，是較爲通行的書訊。拍賣方面，則有《書籍拍賣紀錄》。書價的主要指南是《當代書價》、《美國當代書價》，及每年過百種書商個別印行的目錄，可謂熱鬧非常。收藏家眼花撩亂之餘，往往還得自己做些研究，否則也無從下手。

對於資金不多，但又愛書、想藏書的讀者，一個最具挑戰性而收穫可能最大的收購範疇，是當代美國小說。美國一年起碼有二千多種小說出版，其中最少一半爲精裝本。這當中通常十分之一，也就是一百本左右，是「處女作」。這些作品的稿酬通常極爲微薄，但對藏書家而言，如果判斷正確，藏品的價值可說是「無可限量」。留意當代文壇發展的讀者，除了研讀書評外，如果獨具慧眼，不難以極低價購入有潛力的新人作品，逐步建立特別收藏。例如很多年前女作家安・比提（Ann Beattie）出版第一部小說時，口碑不錯但銷路不佳，初版便不難在廉價書部門及出版商的清貨書目上覓得。另有一些早已成名的作家，作品有時不見得迎合潮流，也就在廉價部門出現，其售價多不超過兩美元。諾貝爾獎得主以撒・辛格（Issac Beshevis Singer）不少作品的第一版，早年都曾在出版後一兩年就作廉價書傾銷。所以，儘管海明威和福克納的價碼甚高，地位相仿的大家亦可能以百分之一的代價購得。藏書之道，好比股市，也是存乎一心，端看各人眼光，不能老是跟風。

不過，對眞正喜愛藏書的人來說，典藏毋寧是一種浪漫的情緒，是一種熱情的流露。升値與否，往往是其次的事。能夠升値，頂多陶醉一下，證明自己眼光獨到。要他們因此把書香轉手成銅臭，亦非易事。誠如英國文人約翰・海華德（John Hayward）所說：「藏書是一種特殊的嗜好。將自己喜愛的作家，珍而藏之，雖不見得本本精讀，但那種親切和熟悉，又往往通過收藏時的盡心費力而加強。這種感覺和滿足，又豈是金錢可以衡量。」

附記：

在一九八〇年代中葉，覺得這類藏書不免有點「玩物喪志」，就乾脆將「庫存」連個別名家翰墨全部「出清」，從此「洗手」。故文中數據均爲當年舊資料，用完後也都「廢紙回收」。

二〇〇三年首次在港發表

名家書信價多少？

早些年美國通貨膨脹如火如荼，不少投資者別出心裁，來個購買名家善本保值；連通俗的《金錢》月刊也發表專文，介紹這個形式的投資保值。但這份刊物遺漏的，則是名家書信的保值升值；而且書信市場的長期穩定性又遠勝舊書市場的風雲變幻。以下根據手頭一九九一年一份賣家目錄，以美國文學名家的書信爲限，向讀者簡介書信市場九〇年代初的價碼。

美國十九世紀大詩人惠特曼在一八五五年出版《草葉集》時，反應不佳，獨愛默生力排眾議，大力表揚。但惠特曼仍得四處試探投稿。一八六一年他投稿《大西洋月刊》時附退稿信封及短函，信中希望該刊出二十美元發表詩作（一八六一年）。根據學界研究，《大西洋月刊》沒有採用那首詩。此信原件除紙張變色外，完整無缺；要價三千五百美元。

以小說《頑童流浪記》及《湯姆歷險記》馳譽世界的馬克・吐溫，在一八九五年七月題贈一句名言送給讀者：「眞理是我們最寶貴的財產，我們要撙節少用。」原件約爲五吋長三吋半寬，狀況良好；要價二千七百五十美元。馬克・吐溫到底是美國連小朋友都知道的作家，連印刷的一份幽默請帖（一九〇八年），因爲一行字和簽名，都開價一千五百美元。

以小說《紅色勇氣勳章》見知於世的史提芬・克瑞因書信傳世不多，一般要價甚高。一八九七年六月一頁回覆索取簽名題詩的信，叫價四千美元。一度是美國稿酬最高的小說家傑克・倫敦（一八七六—一九一六），有不少書信流通在外，市場價格頗不穩定；但一九〇四年八月的一頁短柬，因題詞特別（「我的旅程是整個世界，無窮無盡」），雖左角略有破損，仍能叫價一千美元。

當代作家由於評價未定，且尚未作古太久，通常難要高價。「垮掉的一代」著名小說家傑克・凱魯亞克一九六九年才去世，但有封短信因內容特別（「除了愛我什麼都不能給你」），雖僅兩行，竟要價六百五十美元，遠高於當年凱魯亞克的短稿稿費。由此可見，作古的大師雖在投資上較保險，但內容的趣味性、收件對象及市場流通量（如克瑞因），都可影響買賣價格；因此收藏家也就必須對文學行情掌握準確，否則可能血本無歸。

一九九二年

台灣「代誌」

四

最意外的和最不意外的

——台灣最愛一百小說揭曉

最不意外的自然是《哈利波特》和《魔戒》。這絕對是還沒開始投票就可「預先張揚」的結果。除了反映閱讀的全球化、口味的一律化，也是這類型投票的常見結果——當前或近期最暢銷的一定能上榜，記憶猶新嘛。此外，近年來全球閱讀日益「兒童文學化」已是大趨勢。小「哈利」的大人封面版火紅大西洋兩岸，單一銷數絕不下於《紐約時報》暢銷小說榜的中位。(不過，以《哈利波特》的銷量，買「成熟」封面的大人想騙誰，眞是天曉得。)

最意外的是赫拉巴爾《過於喧囂的孤獨》。此老是二十世紀捷克小說裡的第二號人物，繼承的正是第一號人物哈謝克《好兵帥克》那種小人物的黑色幽默傳統，簡直就是近百年來捷克的「國族喻意」；在老家一向地位高過昆德拉，可惜就缺了昆德拉那種可以旅行各國的「抽象」。這回不意竟在台灣的票選「平反」，堪稱異數。

二十世紀外國小說裡，《百年孤寂》、《追憶似水年華》、《麥田捕手》、《大亨小傳》、《老人與海》都是「the usual suspects」(慣見嫌疑犯)，沒有才是意外。倒是世紀末的美國讀者調查裡，《大亨小傳》一面倒壓下沙林傑和海大鬍子，不啻是集體心結在單獨投票時的宣洩。

台灣的票選三家並陳，尚稱合理。

說到「the usual suspects」，這份名單另一意外是傳統現實主義大師的集體落榜。例如舊俄的杜斯妥也夫斯基和托爾斯泰、法國的巴爾扎克、英國的狄更斯等。要說是部頭太大，那雨果的《悲慘世界》也不薄（當然，《悲慘世界》改編成輕鬆愉快的英文音樂劇後，又有DVD和CD上市，說不準有提示作用）。老一輩「文藝青年」之「最愛」被集體投票拒絕，不單是世代交替，敢情是口味變天。

不過，以打倒這批大師的寫作模式爲終身志業的愛爾蘭英語小說大家喬伊斯也被否決；看來前些年《尤利西斯》以兩個中譯本在台灣鑼鼓登場，不是白費功夫，就是衹用來裝飾書架？和喬伊斯氣味相投的維吉妮亞・吳爾芙，雖有台灣女性主義學者推介多年，對台灣的創作也不無影響，不意也和喬伊斯一同沉沒；而且還得通過麥可・康寧漢（是個男的！）之《時時刻刻》，「化身」上榜。儘管如此，幸好吳爾芙尚能通過《時時刻刻》陰魂不散，否則二十世紀英國小說豈不全面缺席，單靠《東方快車謀殺案》充撐場面？

在當代台灣小說裡，林海音、白先勇、黃春明、王文興、張大春、朱天文、朱天心、蘇偉貞等名字毫不意外。最意外的是沒了王禎和與陳映眞。難道《嫁妝一牛車》和《將軍族》就這麼輕易「完成歷史任務」？抑或這些作品反映的台灣現實，在網路發達、消費掛帥的台灣，已經過於灰暗？

女作家方面，「祖師奶奶」張愛玲和蕭麗紅都「人氣」甚旺，意料中事。英國，「祖師奶奶」珍・奧斯汀以《傲慢與偏見》歷久不衰，另加一本《簡愛》，也吻合英國同類調查的主流意見。至於曾獲美國普立茲獎的《飄》，多虧傅東華的譯筆，在台灣風光了半個世紀；這回也沒「大熱倒灶」，成爲唯一上榜的美國女作家。

網路作家在這個調查大受追捧，固然是反映當前的流行，但英、美、西的調查裡，就沒看到變成實體的「網作」如此發燒。更重要的是，在這些洋調查裡，還沒看到網路小說家能夠如此成功轉身的潮流。市場經濟的「唯利是圖」規律，全世界一樣。因此這項「Taiwan No. 1」顯示的，是否「網作」、「網讀」的生態，有華洋之別？看來這個課題就值得再做另一個調查。

二〇〇四年

附錄：台灣最愛一百小說名單（世界首版年排序）

書名	作者	出版社
【中國古典】		
一、三國演義	羅貫中	聯經
二、水滸傳	施耐庵	聯經
三、西遊記	吳承恩	聯經
四、金瓶梅	笑笑生	三民
五、紅樓夢	曹雪芹	聯經
六、老殘遊記	劉鶚	聯經

【中文現代】

七、阿Q正傳（魯迅小說集） 魯迅 洪範
八、家 巴金 已絕版
九、邊城 沈從文 台灣商務
一〇、京華煙雲 林語堂 遠景
一一、傾城之戀 張愛玲 皇冠
一二、圍城 錢鍾書 書林
一三、城南舊事 林海音 爾雅
一四、半生緣 張愛玲 皇冠
一五、兒子的大玩偶 黃春明 皇冠
一六、台北人 白先勇 爾雅
一七、家變 王文興 洪範
一八、人子 鹿橋 遠景
一九、桂花巷 蕭麗紅 聯經
二〇、寒夜三部曲 李喬 遠景
二一、千江有水千江月 蕭麗紅 聯經
二二、孽子 白先勇 允晨
二三、曾經 愛亞 爾雅

二四、橘子紅了　琦君　洪範
二五、北京法源寺　李敖　李敖
二六、鱷魚手記　邱妙津　印刻
二七、鹽田兒女　蔡素芬　聯經
二八、荒人手記　朱天文　時報
二九、沉默之島　蘇偉貞　時報
三〇、逆女　杜修蘭　皇冠
三一、傷心咖啡店之歌　朱少麟　九歌
三二、古都　朱天心　印刻
三三、燕子　朱少麟　九歌
三四、白色巨塔　侯文詠　皇冠
三五、61×57　王文華　時報

【西方經典】

三六、傲慢與偏見　珍・奧斯汀，譯：夏穎慧　志文
三七、基度山恩仇記　大仲馬，譯：鄭克魯　遠流
三八、簡愛　夏洛特・勃朗蒂，譯：李霽野　桂冠
三九、悲慘世界　雨果，譯：蕭逢年　志文

【西方現代】

四〇、流浪者之歌（悉達求道記）	赫塞，譯：徐進夫	志文
四一、了不起的蓋茨比（大亨小傳）	費滋傑羅，譯：巫寧坤	一方
四二、追憶似水年華	普魯斯特，譯：劉方、陸秉慧	聯經
四三、飄	宓契爾	世一
四四、小王子	聖修伯里，譯：張譯	希代
四五、老人與海	海明威，譯：羅珞珈	志文
四六、一百年的孤寂（百年孤寂）	馬奎斯，譯：宋碧雲	遠景
四七、看不見的城市	伊塔羅・卡爾維諾，譯：王志弘	時報
四八、刺鳥	柯琳・馬嘉露，譯：胡慶生	崇文館
四九、如果在冬夜，一個旅人	伊塔羅・卡爾維諾，譯：吳潛誠	時報
五〇、生命中不能承受之輕	米蘭・昆德拉	皇冠
五一、香水	徐四金，譯：黃有德	皇冠
五二、惡童三部曲	雅歌塔・克里斯多夫，譯：簡伊玲	小知堂
五三、牧羊少年奇幻之旅	保羅・科爾賀，譯：周惠玲	時報
五四、過於喧囂的孤獨	赫拉巴爾，譯：楊樂雲	大塊
五五、紙牌的秘密	喬斯坦・賈德，譯：李永平	智庫
五六、一個藝妓的回憶	亞瑟・高登，譯：林妤容	希代

五七、時時刻刻　麥可・康寧漢，譯：蔡憫生　希代
五八、蘇西的世界　艾莉絲・希柏德，譯：施清眞　時報

【武俠小說】

五九、射鵰英雄傳　金庸　遠流
六〇、神鵰俠侶　金庸　遠流
六一、倚天屠龍記　金庸　遠流
六二、天龍八部　金庸　遠流
六三、笑傲江湖　金庸　遠流
六四、鹿鼎記　金庸　遠流
六五、城邦暴力團　張大春　時報
六六、大唐雙龍傳　黃易　時報

【成長小說】

六七、清秀佳人　露西・M・蒙哥瑪麗，譯：蕭菲　崇文館
六八、麥田捕手　沙林傑，譯：賈長安　桂冠
六九、未央歌　鹿橋　台灣商務
七〇、少年小樹之歌　佛瑞斯特・卡特，譯：姚宏昌　小知堂
七一、海水正藍　張曼娟　皇冠
七二、藍色大門　易智言，楊雅喆　新雨

七三、危險心靈　侯文詠　皇冠

【奇幻小說】

七四、魔戒　托爾金，譯：朱學恆　聯經

七五、藍血人　倪匡　風雲時代

七六、銀河英雄傳說　田中芳樹，譯：蔡美娟等　尖端

七七、哈利波特　J・K・羅琳，譯：彭倩文等　皇冠

七八、向達倫大冒險　向達倫，譯：荷西等　皇冠

七九、風動鳴　水泉　春天

【偵探與秘密】

八〇、福爾摩斯探案全集　柯南・道爾，譯：丁鍾華等　遠流

八一、亞森羅蘋全集　莫里斯・盧布朗，譯：楊淑女等　小知堂

八二、東方快車謀殺案　阿嘉莎・克莉絲蒂，譯：陳堯光　遠流

八三、玫瑰的名字　安伯托・艾可，譯：謝瑤玲　皇冠

八四、第8號當舖　深雪　皇冠

八五、奈米獵殺　麥克・克萊頓，譯：洪蘭　遠流

【網路小說】

八六、第一次的親密接觸　蔡智恆　紅色文化

八七、我們不結婚，好嗎？　藤井樹　商周

八八、槲寄生	蔡智恆	紅色文化
八九、有個女孩叫 Feeling	藤井樹	商周
九〇、夜玫瑰	蔡智恆	紅色文化
九一、你轉身·我下樓	敷米漿	紅色文化
九二、B棟11樓	藤井樹	商周

【日本文學】

九三、冰點	三浦綾子，譯：朱曉蘭	新潮社
九四、世界末日與冷酷異境	村上春樹，譯：賴明珠	時報
九五、挪威的森林	村上春樹，譯：賴明珠	時報
九六、廚房	吉本芭娜娜，譯：吳繼文	時報
九七、陰陽師	夢枕獏，譯：茂呂美耶	繆思
九八、國境之南、太陽之西	村上春樹，譯：賴明珠	時報
九九、深河	遠藤周作，譯：林水福	立緒
一〇〇、海邊的卡夫卡	村上春樹，譯：賴明珠	時報

祇關心自己肚臍眼

——回應陳映真先生

二〇〇三年《聯合報》文學獎短篇小說獎共有十二篇進決審。出人意表的是，大多數作品都可以形容爲「喃喃自語的獨白」。決審委員中，小說家陳映眞先生最爲驚訝，不斷詰問唐諾和我，看看我們可有個說法。

徵選規章的字數限制（六千字以內）一度險成「禍首」。但從世界短篇小說自十九世紀以降的發展來看，篇幅不應該是問題。至於陳映眞先生點名批判的一九五〇、六〇年代法國「反小說」的「新小說」風潮，三十多年前我在台灣《文學季刊》曾組織專輯介紹，後來還由晨鐘出版社出書，但早已是陳年舊事。一九八三年「反小說」大將克勞代・西蒙（Claude Simon）獲諾貝爾文學獎，但在台灣除一般報導外，無甚反應，與加西亞・馬奎斯的魔幻現實主義的深遠影響，不可同日而語。

倒是近年崛起德國小說界的三十歲上下的新一代，或可讓我們自對照中找到一點線索。

這群作家對德國的歷史問題、兩德磨合、社會論爭都毫無興趣，作品關心的都是個人情緒或一些偏執，其中也有極度內心化的獨白式作品。德國評論界對這個現象也頗爲困惑，暫時祇以「我、我、我的世代」或「專注肚臍眼的世代」來概括。但蘇聯解體、兩德統一、冷戰結束帶來的意識形態對抗的「反高潮」，加上對現實世界的無力感，都可能是形成「祇關心自己肚臍眼」的外在大氣候。在德國文評界的討論中被點名的 Judith Hermann，二〇〇三年出版的第二本短篇小說集是焦點，但她的第一本短篇集《夏之屋，再說吧》，雖然絕對排拒君特・葛拉斯（Günter Grass）沉重的歷史感（年輕一代或會看成包袱），但從台灣一方版中譯的第一本短篇小說集來看，也斷然不是祇會「喃喃自語」。如此說來，《聯合報》短篇小說獎決審作品透露的訊息，豈非更爲嚴重？而這與台灣十多年來政治、社會，甚至價値的急劇變遷又能否間接掛鈎？

二〇〇三年

古典美學的終結

——姚一葦先生的文論與美學

在一九六八年二月《文學季刊》第六期，姚一葦先生發表〈論王禎和的《嫁妝一牛車》〉（當時姚老還在銀行上班，文章由陳映眞先生以許南村筆名記錄整理）。論文開頭就聲明：「祇作分析的工作，而不作價値上的定位。」這個立場，在後來陸續發表的〈論白先勇《遊園驚夢》〉、〈論水晶的《悲憫的笑紋》〉、〈論黃春明的《兒子的大玩偶》〉，都一以貫之（這些文章後均收入一九七四年書評書目版《文學論集》）。這個實際批評（practical criticism）的立場，與三、四〇年代崛起，五、六〇年代大盛的「新批評」（New Criticism）或「美國形式主義」（American formalism）的理論與實踐，大體相同。分析當時這批青年小說家作品時，姚老都是緊貼文本、不及其他地「苦讀細品」（close reading）。而「新批評」用力極深的敘事觀點、嘲弄、對比、暗示、內外呼應（用姚老的話，「即如何透過客觀世界以抒寫出作者自我的主觀世界」等表現手法），姚老都有使用。在〈論瘂弦的〈坤伶〉〉一文，更拈出「新批評」大將布魯克斯（Cleanth Brooks）拿手好戲「弔詭的語言」，或「弔詭的情境」，來作分析架構（此文亦見《文學論集》）。

儘管三十年前的姚老曾經吸收「新批評」的分析手法，並因此一新耳目，在當年的「印象派」、「感動流淚派」、「道德訓誨派」等所謂文學批評之外，別樹一幟，但姚老並不是「新批評」的信徒或鼓吹者。相反，在這批細讀裡，姚老例必高舉亞里士多德《詩學》裡的「動作」（action）觀，來審視情節、結構的完整性或對照出現代作品裡常見的不完整性。即在分析瘂弦的小詩〈坤伶〉時，仍不忘提出亞里士多德的「急轉」或「境遇的轉變」，來襯托布魯克斯的「弔詭」論。姚老筆下的這個「雙結合」，從中西比較文論的歷史觀點來看，雖未竟全功，但自有其重大的突破，因為在「新批評」風行一時、左右大學和中學的基本文學教育時，以芝加哥大學為大本營的一批西方古典文論及英美文學學者，在五〇年代就不斷質疑「新批評」的分析手法，認為是以偏概全、過度重視「局部肌理」（local texture）、不免以表現手段替代整體意義。芝加哥學派（Chicago School）重新標舉亞里士多德的完整觀、歷史性和文類沿承論，意圖抗衡「新批評」缺乏文學史觀的謹守單一文本的極端形式主義。就記憶所及，姚老當年文論並無旁及芝加哥學派（又稱「新亞里士多德學派」）的討論，雖然 Wayne Booth 的《小說修辭學》（*The Rhetoric of Fiction*，一九六一初版，一九八三增訂版）似有涉獵。

今日回顧，姚老對亞里士多德的實際運用（此點又與芝加哥學派不盡相同），可能是個人心得高於刻意的理論互補，但也因此而不至祇能拾人牙慧，而有所超越匡補。這當然和姚老長期鑽研亞里士多德息息相關。早在六〇年代初，姚老就有意中譯亞里士多德的《詩學》，經過多年努力，以不同譯本互相參詳，加上大量解譯，《詩學箋註》在一九六六年由台北中華書局印行，至今仍為華語世界善本。

一九六〇年夏天，在《筆匯》雜誌同人力邀之下，姚老開始探討藝術作爲客觀存在之諸面相，在《筆匯》發表〈論鑑賞〉和〈論想像〉。《筆匯》停刊後，自一九六三年至六五年，在《現代文學》先後發表〈論嚴肅〉、〈論意念〉、〈論模擬〉、〈論象徵〉、〈論對比〉、〈論完整〉、〈論和諧〉、〈論風格〉。一九六六年《文學季刊》創辦，最後兩篇〈論境界〉、〈論批評〉終告完成；一九六八年以《藝術的奧秘》（台灣開明版）爲題出書。寫這些專論的時候，姚老仍任職銀行，既無圖書館可用，又不像今天的大學教員有各種研究獎金可以申請，純以公餘點滴和個人庋藏完成這部大書。

這本書以藝術之整體爲探討對象，追求者爲藝術「作爲獨立的審美的客體」之「共相」（姚老意見），並堅信「花式翻新」之「現代藝術」，「同樣是可以理解可以傳達」。而在姚老表達這些見解的時候，歐美後結構主義思潮正悄然登場，在往後的三十年持續動搖挑戰傳統的文學理念和古典的美學信仰。所謂「獨立」，對傅柯（Michel Foucault）而言，可能祇是一種「建構」，背後另有紛雜不一的多元主體。所謂「共相」，對德希達（Jacques Derrida）而言，不但是「理體中心論」（logocentrism），甚而是對內在歧異、自我瓦解、不斷「衍異」等的忽略。所謂「理解」，對女性主義而言，如仍是「理體中心論」和「語言中心論」（phonocentrism），則無疑是爲舊有男權「陽具中心論」（Phallocentrism）撐腰。所謂「傳達」，對薩依德（Edward Said）的某些追隨者而言，則可能是對西方霸權體制裡價值觀的認同。

在後結構主義思潮開始其「顛覆」活動時，所謂「後現代」亦宣稱降臨（此處所用的「後現代」，以 Charles Jencks 一九八七年《*What is Post-Modernism?*》的界定爲準）。在《藝術的奧秘》完成後的三十年，姚老對「後現代」有以下的體會：「其爆發出來的力量非常強大，可以破壞現有一切的秩序，把語言變成呼號、喊叫，變成沒有意義，變成難以理解，變成一種可怕的沉默靜寂。這裡所謂沉默，其意義非常複雜，乃是指對我們的語言、理性、社會、自然、歷史意義的顚覆或拒絕。」姚老在這篇最後的講稿〈文學往何處去——從現代到後現代〉（見《聯合文學》一九九七年四月號），也觸及法國「後現代學」發言人布希亞（Jean Baudrillard）的「擬象」（simulacrum）論及其「波灣戰爭沒有發生」之觀點。一九九一年的高科技波灣戰爭，是人類有史以來交戰情況自始至終通過電視全球播放的，布希亞因此認爲，這場映象戰爭是「似眞的眞實」（virtual reality），通過映象的「過度眞實」（hyperreality），不在現場而有現場的擬象，是「事實與映象的交錯，似眞之蓋過眞實，及二者無可避免的混淆」。所以，對這場戰爭的「一切意識形態或政治推敲，祇是一種心智阻滯（愚蠢）的表現」，執迷不悟於「這場戰爭的眞實」（英譯見一九九五年印第安那大學出版的《*The Gulf War Did Not Take Place*》）。這種觀點無疑是將「後現代」狀況的高度懷疑論推至虛無主義的極端，對眞實、現實、倫理，甚或眞理的完全否定。姚老對這個論點並無明確表態，但在講稿結束時一再強調「語言不會消滅」、「文學不會死亡」、「不過是什麼樣的文學我不敢預測」。

姚老在生前最後一篇文章〈被後現代遺忘的——觀《英倫情人》抒感〉（見《聯合報》一九九七年四月十二日〈聯合副刊〉），有以下的感嘆：「在這部電影中看到人性中可貴部分……使你不知不覺感受到它的溫暖，使你覺得人活著還是有意義，不是祇爲自己而活，有時也爲別人而活。」而這個訊息，在姚老看來，多少是「被後現代遺忘的」。姚老在生時，對所有的文學、藝術、美學及人文學科論辯，都是同情的理解、絕對的包容，然而他一生的重要著作，從《文學論集》、《藝術的奧秘》，到《美的範疇論》（一九七八）、《審美三論》（一九九三）、《藝術批評》（一九九六），及《戲劇論集》（一九六九）、《戲劇與文學》（一九八九）、《戲劇原理》（一九九二），對傳統的人文精神、古典的美學信仰，都是一貫地堅持。在世紀末回顧，姚老畢生論述，恰巧也是傳統文學價值的重新肯定、古典美學的最後完成。文學和美學在將來一定有不同的發展，但姚老的歷史基石，不管是對話或挑戰，都必定是不可忽略的。

台北《中國時報·人間副刊》姚一葦先生悼念特輯

一九九七年五月一日

淺談姚一葦的〈X小姐〉

姚一葦的戲劇在取材上向有明顯而相當均衡的兩條路線。從〈碾玉觀音〉到〈傅青主〉，傳統人物是素材的出處；而自〈紅鼻子〉到〈一口箱子〉，現代生活是想像的來源。

〈X小姐〉是姚一葦的第十三個劇本。取材上沿襲現代路線，技巧上也類似其他的現代生活劇，例如沒有特定地點和人物面貌模糊（但又隱含象徵性）等。更具體地說，〈X小姐〉承繼〈一口箱子〉的發展，大致上是「抽象的喻意」。抽象是指非現實主義劇場的表達模式；喻意則指現實批判及社會指涉的包裹和隱藏，但又留下痕跡，容許讀者或論者作某種聯想和連繫。但相對而言，〈X小姐〉較〈一口箱子〉明顯，寫實性也大為增強。

劇中人X小姐的失憶可以落實在生活層面，但讀者或論者未嘗不可喻意地解讀，也就是人的失落。名字的遺忘是自我的失落，尋找身分也就是尋找自我。自我失落及追尋原是西方前衛主義戲劇傳統的一大課題，今天早已進入戲劇史的荒謬劇更不乏這個主題的探索和省思。對西方戲劇理論及實踐至為熟悉的姚一葦，何以到九〇年代初才來發揮這個主題？答案也許要從八〇年代末期台灣巨大變遷中去尋找。在這幾年的劇變裡，舊有的國家集權機器逐步解體、過時的意識形態管制突然崩潰、社會經濟秩序嚴重失衡，不少人固然仍有本身的工作和社會賦予的表面身分，但個人的生活目標、個人生命的意義，甚至個人的眞正需要，都早已隨著社會的種種「熱」潮，隨波逐流而去。因此，本劇中X小姐的喪失自我，未嘗不可視爲一種喻意的針砭，是對一種新興的「單向度的人」的批判，也提出一個何去何從的問題。從這個角度來看，〈X小姐〉雖然表現手法抽象，但自有其現實意義。

就戲劇形式的發展而言，姚一葦倒有其個人的堅持，並沒有隨波逐流。在西方劇場衝進人稱「後現代主義」之際，語言的表意功能大減、戲劇性降低、舞台形式隨意化，戲劇實已成爲一種「演出」（performance）而不是一般認識的「戲劇」。在這個戲劇範典也面臨鉅變的敏感時刻，姚一葦這部相當「古典」（指其戲劇性集中）的短劇的出現，對身處邊緣的第三世界戲劇工作者如何承受歐風美雨，未嘗不可視爲一種挑戰、一個反省思考的機會。

姚一葦自一九六三年發表〈來自鳳凰鎭的人〉，戲劇創作至今超過四分之一世紀，先後結集爲《姚一葦戲劇六種》（一九七五）、《傅青主》（一九七八）和《我們一同走走看——姚一葦劇作五種》（一九八七），並有英譯四種。〈X小姐〉的出現，再一次見證他對藝術的執著，對人生的關懷。

一九九一年

他帶來遙遠的聲音

——何欣先生的貢獻

何欣先生在一九九八年九月十一日腎衰竭去世，享年七十六。

何欣先生是抗日戰爭勝利後赴台定居的。先在《公論報》編副刊。後來《公論報》的各版主編輪番入獄，改至國立編譯館任職。編譯館的工作與何欣先生的研究興趣並無關係，但何先生不少重要研究成果都是這個時期出版的。除了一九五〇年代後期的《海明威創作論》（重光文藝版）和六〇年代早期的《斯坦貝克的小說》（文壇社），還有一系列的福克納小說專論。這幾位先後獲諾貝爾文學獎的現代美國小說大師，在一九五〇年代的台灣，也應該是文壇聽過的名字，但談到直接讀原典、有自己見解，並專文詳細論介，何欣先生應是第一人。在這幾位大師中，何欣先生對福克納情有獨鍾，也用力最深。記得在六〇年代末，他在泉州街舊居展示福克納小說論的手抄書稿時，對他在五〇年代就在條件非常差的情況下，弄出福克納小說家族世系譜，大爲驚訝，因爲同類型的研究，美國似乎也要到六〇年代才出現。何欣先生治學之嚴、用功之深，由此可見。遺憾的是，這本完整的書稿，在五〇年代竟然找不到出版商承印。

幸好何先生在五〇年代翻譯的《佛克納短篇小說選》，在五〇年代末終由重光文藝出版社結集刊行。這本書對當時一些追求新境界的年輕小說作者，頗有影響。後來更導致何先生替白先勇創辦的《現代文學》雜誌負責福克納專輯；而在先勇兄出國後，進一步與姚一葦先生、余光中先生成為《現代文學》的三位「保母」。在何先生參與《現文》編務時，他的研究興趣也轉向新崛起、比較年輕的英美小說家，重點是英國女小說家艾瑞斯・梅鐸和美國猶裔小說大師索爾・貝婁（後亦獲諾貝爾文學獎）。但這兩位小說家的譯介，則由尉天驄先生主編的《文學季刊》發表。而在六〇年代末，余光中先生替台灣學生書局主編一套現代英美文學譯叢，梅鐸的長篇小說《斷頭》因此得以易名《夢境》出版。由於何先生的興趣和推薦，我當時也自香港和美國買來兩位小說家的作品，逐一研讀。稍後更在何先生的鼓勵下，中譯貝婁的《抓住這一天》，在一九七〇年代初出版。而何先生的單篇論文，在貝婁獲諾獎後，也得以順利結集出版，在八〇年代末和九〇年代初，很偶然見到這兩位小說名家，對他們的代表作尚不算陌生，說起來還得感激何先生當年的啓蒙。

在七〇年代後期，何先生轉往政大西語系教書的時候，他的寫作倒以當代台灣小說家為主。這很可能是受到一九七七年鄉土文學論戰的刺激。在戰火初起時，何先生以其對一九四九年前中國文學的歷史識見，從比較遼闊的角度試圖為鄉土文學澄清和定位。這些文字曾收入七〇年代末的評論集《中國現代小說主潮》。後來更與討論葉石濤、黃春明、宋澤萊、洪醒夫、陳映眞出獄後作品的文章，合集為《當代台灣作家論》（東大版）。印象中一九八三年這本書出版後，何先生就甚少撰文分析台灣作家，其興趣又回到老本行的西洋文學，埋頭編寫大部頭的西洋文學發展史。不過，相信何先生唯一一次對台灣小說的大型探討，對後來台灣文學研究的蓬勃，不無點撥推廣之功。

終其一生，何欣先生譯了幾十種書，文學之外，歷史、思想、政治都有。早年也有一些詩和散文創作，分別結集爲《未實現的諾言》和《松窗隨筆》。今日回顧，他對台灣文壇的最大貢獻，應該是五、六〇年代的英美小說的譯介。在那個匱乏的年代，何欣先生縮衣節食，以業餘時間來替文壇引進遙遠的聲音，其先驅性或許已隨時間飛逝而逐漸湮沒，但其歷史位置卻不容忽視。

一九九八年

打開了一扇窗

——敬悼余紀忠先生

一九六〇年代後期，《文星》關門已久，《大學雜誌》成爲碩果僅存的言論空間。爲了進一步打破悶局，決定也從海外突圍，因此在刊物上新闢以美國筆桿子支撐的「域外集」。聯絡點主要是柏克萊（張系國等）和麻省劍橋（龔忠武等）。這個欄目推出後不久，余紀忠先生就親自來聯絡，請《大學雜誌》的所謂「負責人」吃飯。其實掛名的並不負責，眞正負責的張俊宏任職國民黨，未便出面。後來總算弄清楚狀況，余先生也掌握了筆陣的運作底蘊，就在《中國時報．人間副刊》推出陣容龐大的「海外專欄」，由高信疆編輯負責。在一九七〇年代，「海外專欄」的作者自北美航空寄稿，在〈人間〉打開了一扇窗。後來信疆兄還選輯部分文字，在晨鐘出版社出了兩本書以爲紀念。在所有新聞版面大同小異的戒嚴年代，余先生的識見使副刊成爲人文空間、言論特區，引入了密室外的空氣。

晨鐘出版社是白先勇兄回台創辦的，除了出書，主要是做《現代文學》的根據地。但在一九六九和一九七〇年時，財務又有問題。當時除了《大學雜誌》的編務，我也在晨鐘以編委兼執行編輯，亦心焦不已。余先生知道我們的困厄後，表示可以「物質支援」，把《中國時報》

用剩的進口捲筒報紙，也就是印刷後所餘的頭尾，送給《現代文學》。這樣一來，《現文》困境稍紓，又維持了一段時日。但不知何故，此事當年不能張揚。今天自然百無禁忌。《現文》的老讀者要是翻翻那個時期的刊物，凡是用暗黃、略爲「鬆泡」的紙張印行的，都是余先生的捐獻。《現文》當年也是文壇的一扇窗，沒有余先生的慷慨，這扇窗也不可能開那麼久。

二〇〇二年

懷顧肇森，兼談〈素月〉

一九九〇年台北《聯合報》小說獎揭曉時，評審都很訝異，因爲以〈素月〉得獎的顧肇森，是成名甚久的小說家；小說集《貓臉的歲月》更是叫好又叫座，早已行銷數十版。訝異，因爲成名的作家一般都不參加這類比賽——落選固然難堪，得獎也勝之不武；加上〈素月〉寫的是紐約唐人街操粵語的車衣女工，怎樣看都不像是旅美的台灣作家手筆。

也許是書面決審意見和會議發言紀錄都相當肯定這篇作品，揭曉後幾個月，收到顧肇森短信，多謝「知音」之餘，並說明參賽原委。原來他認爲作家成名後，編輯和出版社往往祇認落款，讀者也會被唬住，所以是刻意來個考驗；當然也是要測試自己筆下功夫的水準。

當時記得英國著名小說家朵麗絲．萊辛（Doris Lessing）也曾有同樣懷疑，甚至化名冒充新人出版兩本小說，有一陣子將英國書評界鬧得雞犬不寧。於是回信告之。不意肇森大樂，認爲可以依樣畫葫蘆，照鬧一回，但難處是得先有個精采作品。這等「頑童」心態，不免好奇，雖素未謀面，自此聯絡頗勤，發現他自視甚高之外，自我期許也極高。也許這和他費心細讀西洋現代小說經典不無關係。

後來肇森無意中發現我對英美現代文學名著的善本有點認識，大概是愛屋及烏，執意要去競投一本喬伊斯（James Joyce），和我這個顧問不斷越洋電話。後來終於等到機會，他以傳眞出價，上限高於拍賣底價三倍，著實嚇了我一跳。不意那時紐約華爾街正是小陽春，他這位腦神經內科大夫，雖因老人癡呆症而收入頗豐，終究不敵華爾街那批無本生利的「愛書人」。

這個挫敗後，有好一陣子都沒聯絡，衹知道肇森挑了個長周末乘現已停飛的協和機去巴黎尋覓美食。自花都寄出的明信片可說是陽光燦爛。沒想到一九九四年再通電話時，他發現胃上部細胞病變，且是無法開刀的位置。他在六月最後一次入院前曾來電長談，已很低落，但一再叮囑不可寫悼文，不要發消息，不能發表他讓我提意見的中篇小說。直到最後，他始終認爲他的小說、散文、報導文學都尙在摸索，都會及身而逝，身後更不許災梨禍棗。這時他自忖病情已到最後關頭（電話後兩天便不治），加上事母至孝，亟思拖延噩耗，我拗他不過，衹能勉強答應。

肇森去世後大半年，開始有點傳言，台北《中國時報．人間副刊》楊澤主編，憑直覺認定我一定知道內情。但楊澤是「詩癡」，和他大談一頓希臘詩人 Constantine Cavafy 的新譯本，他已忘卻來意，總算沒有違背諾言。

肇森遽逝已經十年。這十年間參加的各類評審恐不下二十多次。連同之前的評審，書面意見大概有四十多篇。這裡衹選收〈素月〉獲獎的決審意見，留個紀念。

二〇〇四年六月

〈素月〉決審意見

這篇小說有幾個特點。

首先是語言。台灣小說運用閩南語來凸顯本土特性早已成爲另一種小說語言的範典（例如「事情」寫成「代誌」）。本篇的粵語對話是個新變奏。這些對話用香港粵語印刷體，描寫部分則是國語的書寫語。這個結合有利於精確呈現唐人街車衣女工的口語實況，但上文下理仍有跡可尋，不致成爲閱讀時的「語障」。大體而言，這篇粵語對話的「前景化」（foregrounding）突出，並沒有流入方言文學難以超越地域性的困境（例如香港一些全部用粵語寫作的作品）。

其次是題材的獨特。六〇年代的台灣留學生小說，多在學生圈內打轉。情節轇轕幾全來自男歡女愛。八〇年代的大陸留學生小說雖略有變異，但也未能突破原有的框架。美籍華文小說家似也極少關注唐人街的廉價勞工。本篇將勞工的題材和天安門「六．四」事件結合，把個體的卑微存在與國族的集體命運連繫，在關懷社會的「批判現實主義」傳統及特重個人感情追求的留學生小說成規之間，另闢蹊徑。

其三是人物的塑造。女主角素月的精神面貌，既有外在細節的暗示（如房間布置和個人音樂品味），也有內心波瀾的經營（例如自述的一段及等電話的一場），相當全面，肯定是個「圓形」人物。

一九九〇年台北《聯合報》小說獎得獎作決審意見

施叔青的「香港三部曲」

施叔青的「香港三部曲」長篇小說各有點題式比喻。第一部《她名叫蝴蝶》，明顯地是以鑲嵌進書題的蝴蝶來延伸意義、逗引聯想；也就是普契尼的歌劇《蝴蝶夫人》。而施叔青筆下的黃蝴蝶，亦即香港的化身，被強權（男權）宰壓。第二部《遍山洋紫荊》，自然是以香港的港花來引申。但洋紫荊（九七年起不但是特區區花，也是區旗上唯一具象代表）是混種花，而且花粉無繁殖力，與香港的華洋雜處、中西結合而又獨一無二，互為呼應。在九七年夏天出版的《寂寞雲園》則以雲園作結；開埠百年後，殖民地的一切就像「借來的時間」，終必成過眼雲煙。

殖民地的「弱者」、「他者」身分，在帝國主義和殖民主義的藝文論述裡，以臣服的女性、匍匐的女體出現，是常見的情節和人物的喻意安排，不用多贅。但不論是想像虛構或歷史眞實，暗流洶湧的往往是征服者、殖民者、男性強權與當地女性（女體）肉慾接觸後的恐懼、焦慮，甚至罪惡感，因為和土著交媾、談情，除非是《蝴蝶夫人》式的始亂終棄，否則就有權力階梯上墮落之危機感、被女性擺弄而「土著化」或「本地化」之畏懼、不見容於自己白種同胞的憂躁。上述一明一暗的敘述原型在「香港三部曲」的首二卷顯隱交錯，不少場面因此洋溢心理張力，迴盪深沉。

一九九四年施叔青返台定居前，在香港一住十七年。撰寫《愫細怨》、《情探》兩書裡的香港短篇故事系列時，局外人高瞰的觀點容許她尖銳解剖。時間一久，對台灣同胞在香港的種種言行也能以「本地人」的角度冷眼旁觀。這種「既外且內」、既超然又投入的觀點，在三部曲融合爲一，加上綿密細緻的「張派」文筆，終將施叔青推上創作生命的高峰。香港歷史的必然，施叔青生命的偶然，不意有此「永遠不再」的藝術成果。

一九九七年七月二日

白先勇的〈我們看菊花去〉

前言：一九六七年十二月，我從台北寄信給香港的老友袁則難，當時一邊讀美國的「新批評」，一邊讀白先勇的早期作品，便隨手記下這些看法。則難讀了很喜歡，叫我整理出來發表，後來還把原信寄回給我。這件事不知怎的一直沒有實行。一九七七夏天在港與則難重逢，說起這件往事，覺得有點紀念性，便把舊信找出來，抄成這篇短文，一九七七年九月在港發表。現選收入本書，算是「文藝青年」時期的紀念。

〈我們看菊花去〉是白先勇早期的短篇小說。

這篇小說的結構並不複雜，講一個做弟弟的，以「我們看菊花去」爲名，騙他那精神病患的姊姊進台大醫院接受治療。在敘述方面，白先勇採取「跳接」的手法，製造出一股明快的節奏。全篇共分六節，節與節之間並無很明顯的過場，純然跳接過去；而這六節也就是六個不同的場景。

小說的內在意義緊結在菊花這個象徵上，一旦劈開這個要竅，主題和意義也就會自然浮現。在第六節，即最後一節，有這兩句話：「要是——要是姊姊此刻能夠和我一道來看看這些碗大一朵的菊花，她不知該樂成什麼樣兒。」從這兩句話，我們可以歸納出：菊花代表快樂。

菊花的另一個意義是美好。第六節中對菊花的表面描寫，固然在字面上就有這樣的表示，但和第二節開端對庭院的花木衰落作對比，這個意義就特別明顯。然而菊花的這些象徵意義又如何和故事主題連結在一起呢？

小說第二節的第一段，是庭子裡景色的描寫，接下去便是姊姊的出場：「我們院子裡本來就寒傖，這十月天愈更蕭條；幾株扶桑枝條上東一個西一個盡掛著蟲繭，有幾朵花苞才伸頭就給毛蟲咬死了，紫漿都滴了出來，好像傷兵流的瘀血。原來小徑的兩旁剛種了兩排杜鵑的，哪曉得上月一陣颱風，全倒了——萎縮得如同發育不全的老姑娘，明年也未必能開花。姊姊坐在小徑盡頭的石頭堆上，懷中抱著她那頭胖貓咪，她的臉偎著貓咪的頭，嘰嘰咕咕不知對貓咪講些什麼。……」這一段花木的描寫，事實上是藉外在景物來暗示姊姊的情況，因為患精神病的姊姊正就好像「花苞才伸頭就給毛蟲咬死了」，而且「萎縮得如同發育不全的老姑娘，明年也未必能開花」。如果白先勇在描寫完這個場景後，在姊姊出場前或出場後，再來一小句（一小句也就夠了）的解說和連繫，把上下文拉成一片，例如說姊姊就好像這些被毛蟲咬壞的花朵等一類說明性句子，那麼整個效果便會頓時蕩然無存，這個「自身俱足」的意象便會立時降為普通的比喻。最重要的是：原有的自然展示，一下子變成牽著讀者鼻子走的說明。

在第三節中段，有一小節描寫，是和這一幕前後呼應的，並進一步把作者轉彎抹角要暗示的比較直接地說出：「姊姊沒有覺得，她仍舊天真得跟小時候一樣，所不同的是她以前那張紅得透熟的蘋果臉現在已經變得蠟黃了，好像給蟲蛀過一樣，有點浮腫，一戳就要癟了下去一樣；眼睛也變了，凝滯無光，像死了四五天的金魚眼。」這段比喻性的描寫是和上文呼應，因為除了用字不同外，卻是外不同而內同的。例如「蟲蛀」是歸納自上節的「掛著蟲繭……給毛蟲咬死了」，「蠟黃」是比照上一節的「紫漿」和「瘀血」，「浮腫、凝滯」相對於「萎縮、蕭條」。這些字表面是不同的，但所指涉的語氣和情緒是一致的。

在第三節，兩姊弟坐在三輪車上回憶兒時往事，作者特意加插了一句表面上並不太明顯的評語：「愈是後來的事情姊姊的記憶愈是模糊了。」這一句話本來是說姊姊有了精神病後，祇記得童年的事，而長大後的事反倒遺忘了。但這話和主題配合起來，非但生出「弦外之音」，且是一種「嘲諷」。

弟弟受家人囑託，帶姊姊去台大醫院精神科，便以「我們看菊花去」為名哄騙姊姊去醫院，出發點之美好，一如菊花，而說到去看菊花和在新公園看菊花的路上，姊姊一直都是快樂的，但去到新公園附近時，弟弟不逕自入新公園看菊展，而以探訪朋友為名拐了姊姊入醫院，姊姊在醫院中固執地拒絕進入精神科的診室，弟弟竟使用暴力（「我急得不知怎地在姊姊的臂上狠勁捏了一把」），然後就是繼續欺騙姊姊，最後把她關起來，背叛了去看菊花的美好出發點，這裡的暴力、欺騙、背叛和美好的毀滅，好比世界上不少人「好話說完，壞事做盡」，打著神聖的旗幟，而最後使出醜惡的手段，出賣理想。再從另一個角度來看，人之初生，甚或童稚時代，對於罪惡往往茫無所知，但逐步進入人生，便逐漸入世和成熟，懂得的醜惡便愈來愈多，尋且也同流合污起來。這是白先勇借兩姊弟的角色傳遞給讀者的主題訊息。姊姊的天真

（說她神經也好）、無知、不入世、不成熟、對於罪惡的一無所知（「愈是後來的事情愈模糊」），剛好和弟弟的成熟、入世、詐騙等，成一強烈的對比，把作者要說的巧妙地說出來，也是對人世的一種「嘲諷」。

但與此同時，白先勇的態度還是樂觀的，認爲人不是全然沒有希望的，人性中除了魔鬼的成分外，尚有光明善良的一面。在第三節末尾，姊姊對弟弟表示信賴，由於弟弟心裡有鬼，於是「臉又熱了起來，手心有點發汗」。這兩句話顯示出弟弟的內疚和「良心未泯」。此外，小說結束前的兩句話也可作同樣的解釋：「我有點怕回去了——我怕姊姊的咪咪眞的會哭起來。」

在「對比」方面，菊展在新公園，台大醫院的對面；在新公園賞菊是快樂和美好的，但醫院內卻是暴力、欺騙和背叛等醜惡。這個對比宛如兩座建築物隔著一條馬路對立著。在作者筆下，這個對比也見諸於場景的描寫。新公園內「紫衣、飛仙、醉月、大白菊——唔，好香……一縷冷香，浸涼浸涼的……新公園的零零落落剩下了幾個」。但是醫院裡面則「有點煩悶，一股衝鼻的氣味刺得人不太舒服」，而「腥臭」、「哭聲」、「呻吟」、「床上陣陣的顫抖」、「互相交織著」；精神科的診室「道口有一扇大鐵柵，和監獄裡的一樣」，過道是「光線陰暗」，「地上全是一條條欄杆的陰影」。這個對比又產生另一個嘲諷：新公園看菊是美好和快樂，但是遊人零落得很，台大醫院則「早上十點鐘是……最熱鬧的當兒，門口停滿了三輪車」。到底現實世界中就是這個樣子，苦痛和醜惡是較爲普遍的。

一九七七年九月

最愛講故事的人
——側記黃春明

咖啡還沒有端上來，故事題目已接連宣布了三個了，於是乎一小時又四十分鐘，頗馬拉松地，大夥兒聽黃春明說了三個故事。

「喂，我跟你講啊，我最近有一個很好的題材……」總是這句話作開場白，然後就有故事聽。《文學季刊》的尉主編天驄是潑冷水的居多：「不要講，寫出來再說。」其實何必這麼令人掃興。於是又鬧一陣，「講古」也終於開始。不過，後來回想一下，還是尉老編清楚黃春明的性格。他是講出來的時候多，寫出來的機會少。也許有一天大夥兒都不聽他講故事，他的「興致」沒有地方發揮，便只好每天埋首疾書了。

這些年來，著實聽他講過不少故事。尉天驄家裡，天才咖啡屋，天琴廳，小說家子于的家。算一下，也不下數十個。其中有些還是劇本。印象中，起碼有一半以上非常喜歡。也堅信在他筆下，會成為很好的作品。最遺憾的是那些劇本；其中有一齣述及一位講國語只會說「再見呢」的台灣老婆婆，喜歡得不得了，兩年下來，他也沒有寫出來，眞是白喜歡了。（比較起來，王禎和就大不相同。如果說黃春明老是將一套預告片放上十多回，那麼他就是午夜場的神秘電影，悶聲不響，作品突然就拿過來傳閱。）故事固然好聽，人也是很可愛的。他是一位洋溢著愛心的小說家。「哎喲，我看了難過得不得了，眞難過。」看到很多可悲憫的現象，他就會這樣說。第一次聽他說這話，有點驚奇。同情和傷心是很難掛在口上的。但他說得這麼眞摯，你再看看那雙還保有孩提之無邪的眼睛，你曉得這是由衷之言。

觀察力非常敏銳是春明的一大特色。想像力也異常豐富。看到一點端倪，他就會編織出一幅相當複雜的圖畫。耳朵尖了一點，側聽到旁人的一兩句說話，也會解放出他的想像力。

很喜歡小孩子，也喜歡兒童文學。早在《文學季刊》的同人之一李南衡辦《兒童雜誌》時，他就要拔筆相助。結果預告片演了一會，終於也沒有上正片。

一直到前半年，台灣的中視斥巨資籌演西方形式的木偶劇場，黃春明的詼諧、幽默、瑰麗的想像力使他成爲該劇場的編劇。他一再強調木偶人物形象上的中國化及情節的「怪誕」不是放飛劍的神怪，而是荒誕劇式想像力的解放。例如劇中有一頭大象，鼻子太短，小孩子便想辦法替牠拉長。換句話說，是童話式的，有喻意的怪誕。這齣劇集將連演半年，每日半小時，觀眾對象是台灣的小孩子。這樣看來，化名黃大魚爲中視這個貝貝劇場編劇的「最愛講故事的人」（子于封他的）便有他忙的了。雖說是給小孩子看的，他嚴肅得很，令人想起東歐的木偶劇（比起台灣流行的布袋戲，西方的形式要細緻得多，臉部及身體的表情姿態比較絲絲入扣），他自己也常把市川崑的木偶電影《小英雄大戰魔鬼黨》掛在口上。可見是「雄心萬丈」。

一九七二年

地域色彩與花蓮文學

一九九八年台灣花蓮縣立文化中心舉辦第一屆花蓮文學研討會（東華大學人文社會學院、《聯合報．聯合副刊》、《中國時報．人間副刊》協辦），筆者應邀作開場演講，以地域色彩與花蓮文學為題，分十個觀點探討。以下為演講大要。

一、何謂地域色彩

地域色彩在一般的文學研究中泛指以下四項：

一、場景和環境的獨特性。

二、方言和地方俚語。

三、人物或意象：人物通常指敘事作品裡，跟地方的獨特性和代表性有關聯的。意象當然就是抒情作品裡的重要元素。

四、情節或感性：在敘事作品裡，情節結構跟當地的大環境或小氣候有關時，這類作品有時被稱爲「地域的現實主義」。至於抒情作品，像是詩或抒情散文，假如整個情節或意象由當地的外在環境引發，有時則被稱作「地域的感性」。

二、地域色彩和地域創作的關係

地域色彩和地域創作的關係是指一個特殊地域對當地作家的影響，而這個影響是可以從作品當中看出明顯的痕跡。所謂痕跡又可從兩方面談。

其一爲地方的語言、神話、民俗傳統（有時亦被稱爲小傳統）的使用。地域言語的使用往往是地域文學的標籤。對於研究者而言，隨著地域語言學的發展，通過實證的調查和追溯，是可以精準地辨識地域文學的語言特色。譬如美國著名散文家和語言學家孟肯，就投入很長的時間編修第一本《美國語言大辭典》，也促使稍後在八〇、九〇年代相關人士持續出版整理全美國地方用語和大辭典的長期努力。如果沒有這些工具書和調查研究，今天就很難歸納出美國地域文學的語言特色。換言之，在王禎和小說裡面使用的台語，有多少是花蓮獨有的語意呈現，可能就得作進一步的探討。同樣，其他花蓮小說家偶然使用的原住民語言或者民俗的傳統，也能看出花蓮文學作品中的地域特色。

其二就理論而言，同一個地域裡的創作者應該會有一些共同的觀念、主題、意象、典故的使用。這些共同性在呈現上當然會有一些不同，而這些不同是指個別手法、語言、構思上的高低。例如美國南方地域文學的著名小說家福克納，在其前後，也有許多小說家使用同樣的語言、理念、主題，甚至典故。雖然今天大家最熟悉的還是福克納，但是福克納和其他的小說家之間，仍可看出共同的文學淵源和共享的地域文學特性。

三、地域創作與國族文學的關係

這項關係可以透過四個相關的主題來概括。通過這四個互通的主題，地域性常常和更大的國族性掛鉤，並突破原來的表面性地域局限。

其一是地域發展的不平衡。這點美國南方很明顯，就好像他們稱北方佬為Yankee，有那麼一點排他的意味。或許就花蓮來說，是不是也有花蓮和台北的地域不平衡問題？

其二就是不同種族和不同族群的分歧或者相同。例如在美國南方就有原住民、西班牙裔、黑人和白人四個主要族群，在花蓮也有原住民、閩人、客人和外省人的四大族群分布。

其三就是人口的地域性遷移。人類遷移當然和求生有重大的關係，不過有時係因外來的歷史因素。例如美國南方在內戰後的大遷移，就是因為重大的歷史政治變動所引發。同樣，在一九四九年後，台灣的國家機器，在花蓮也有一次大規模的、政策性的人口安頓，令大陸外省移民成為一大族群。或許從此可以看出彼此一些同異之處。

其四和人口遷移一體兩面的是社會流動性。此係指經濟結構和經濟承接，隨著人口的遷移、安居、從事生產逐漸形成的往上或往下的變動。

要之，地域創作或者地域色彩的一些共同特色，不一定是邏輯上的必然，不過有時候卻和上述四個主題相互關聯。而這四項主題又跟整體的國族文學發展有相對的互動。這四個相關主題，可說是地域創作的社會經濟源頭，直接或間接地在文學作品裡反映出來，而這種呈現又以敘事作品最爲顯著。

地域創作和國族文學間還有一些相關的母題，諸如鄉城差距、邊陲和中央的緊張、經濟發展與經濟落後的焦慮、自然景觀與都市景觀的對立等。這些不斷重疊出現的母題，我們都可以在花蓮文學作家王禎和的小說、楊牧的散文和詩，以及近年來有關花蓮生態的文學報導中發現其互動關係。

四、地域性與文學的正典傳統

地域文學的特性有時和文學的正典傳統會有矛盾、對抗、緊張的一個互動關係。這種關係有時是因爲以正典傳統繼承人自居者，拒絕承認地方色彩濃厚的文學作品。記得六〇年代末期，當時台灣的一些官方文學性刊物，對於王禎和的小說相當排拒，很缺乏包容性。此外，地域文學因爲使用同一種語言、相同的民俗傳統和本地的特殊色彩，所以和外間往往有或明或暗的矛盾張力，而這些情形會使得正典傳統的自居者覺得無法接受。譬如在英語使用地區的文學創作，像是加勒比海、印度或者非洲的英語文學，都具豐富的地域色彩，尤其是在語言方面。其使用的語言絕非英倫三島聯合王國的正統英語，即語意或語法上都自創一格，而造成對正統英語挑戰、抗爭甚至顚覆的現象。此時正統是否能包容其他地區用同樣語言來創作的作品，就要看正典傳統和地域性的互動。

有包容性的正典傳統透過其他地域同一語言的文學，可以豐富、更新、加強，甚至提升自己。今日世界英語文學的一種說法是：最好的英語小說家都不是在英國誕生的。同樣，如果正典傳統不具包容性，對地域文學就會產生嚴重的影響。最有名的一個例子就是法朗哥時期的西班牙，當時因爲要全力打壓巴斯克，遂對巴斯克的文學和語言採取嚴厲的政策，而造成時至今日巴斯克和馬德里之間仍然緊張對立。

五、地域性與世界性

在不少研究者眼中，地域性有時也會是一種先天的不足，甚至是封閉、保守，或者應變緩慢的同義詞。地域文學雖然充滿地方趣味、洋溢地方特色，但是卻可能缺乏地域之外的吸引力。換句話說，在某些研究者眼中，地域色彩的文學，有時是無法突破、超越本地的藩籬和局限的。

此外，地域的特殊性有時是很極端的。在國外文學來講，這個極端現象就非常鮮明。例如義大利西西里島的語言就讓義大利人看不懂，甚至聽不懂。因此，已故的義大利小說家夏俠，在寫有關西西里島的小說時，祇能很愼重地將該島的方言包括在作品中。另外，義大利名導演帕索里尼，也是二十世紀義大利文學的重要代表人物，第一本詩集就是用家鄉語言寫成，即使義大利人也要透過翻譯才能看懂。至於他的第一部、第二部小說，更是結合了義大利正統語言、方言甚至土話，而這種混雜性對義大利二十世紀文學的研究者來說，充分呈現了地域語言的豐富性和歧異性。

再一個類似的例子是烏拉圭的現代作家基羅加。他將殖民者留下來的語言結合烏拉圭原住民的土語，發展出嶄新的混合特色；而他以此種方式書寫的系列小說則被稱為森林小說。

上述這些作家的作品在通過英譯、法譯或德譯後，都能超越其地域性而受到世界文壇的重視和歡迎。這個現象說明了地域性文學，尤其是充滿地域語言的作品，即使透過翻譯還是會有很大的共通性。這裡所指的共通性不是所謂普遍的人性、共同的人性主旨這類的說法，而是指作品通過翻譯、離開本土之後，每一個讀者群對這部作品的具體反應。這個具體反應也許可以看出其共通性在那裡，而這個共通性可能是每個作家都不一樣的。換句話說，就是要看這類作品被翻譯後，當地的書評界、文評界或是研究者的看法。像美國作家福克納一開始是在法國成名的；透過法文翻譯，法國人不見得懂美國南方語言的對話意涵，但是不同於後來美國本土對福克納作品風格的推崇，法國人認為福克納作品最大的吸引力在於其怪誕、醜陋，甚至扭曲的成分。

一九九八年有兩位花蓮作家面臨所謂共通性的問題。一位是王禎和，他的小說《玫瑰玫瑰我愛妳》將由哥倫比亞大學推出葛浩文的英譯本。讀過這本小說的讀者都會瞭解翻譯時面臨的重大困難，而翻譯之後的效果會如何受到西方讀者的欣賞，有待書評、文評及讀者的反應，就可以知道這部小說共通性在那裡，也說不定可以讓我們進一步瞭解其作品的超越性為何，而不單祇是嘲弄、好笑的一面。另外楊牧先生的英文詩集，將由一位美國詩人和加州大學戴維斯校區的奚密共同翻譯，交由耶魯大學出版社推出。同樣，我們也將知悉相關的評論和反應。

六、地域色彩與作家的中介性

在地域文學裡，小傳統或者是民俗傳統，因爲是集體的創作和長期的累積，所以沒有中介性的問題。要談中介性，一般是指個別的文學。因爲個別文學的創作是通過單一的作家，其原創性遂有中介的情形。中介一般在研究上會從兩個角度下手。

其一是作者的生平。像劉春城在訪問王禎和時，曾述及王禎和在十八歲前從未離開過花蓮，類似的記載雖是外緣材料，對研究者而言卻會有所啓發。

其二是作家的位置。在每一個特定的歷史時空，一個特定地域的社會、政治、經濟，甚至族群所形成的整體結構內，作家的位置是在那裡？因爲所在的位置往往會對其作品有某種程度的影響。

從生平和位置，我們有時可以看出一位作家的世界觀。這裡的世界觀不是指作家對事物批判的舊有說法，而是指較爲隱秘、委婉、間接折射出的價值觀念和態度，也就是說，這是個對應性的狀況，而不是直接的反映。比如王禎和的小說與花蓮地域，就經常有一種愛恨交織、糾纏不清的心理情意結。也許我們從其生平、傳記、訪問、口述歷史或友人回憶當中，說不定能瞭解其作品中世界觀的問題。同樣，楊牧先生筆下山水的感性，相對於其作品裡中國古典典故的知性，隱然有種緊張和張力，而這個世界觀的形成，也可從生平和位置去切入探討。畢竟，地域還是需要透過作家，才可以有地域色彩的呈現。

七、地域性主題的神話化

神話化從英文直譯就是 myth ——迷思，原係指實際存有，後來漸漸演繹爲一種建構、想像，並被大家執著的意念、原型和公式。在美國文學發展史上，有所謂的拓荒文學或西部文學，這類文學常常流露出一種「新邊疆意識」。美國學者里查·史洛金在九〇年代完工的三大冊鉅著中就研究所謂的「新邊疆意識」，並認定二十世紀的「新邊疆意識」是重新被西部電影重構出來，是一種新邊疆的神話或是迷思；在這個神話或迷思背後，自然有一種意識形態的運作。依史洛金的說法，這個意識形態甚至影響到美國六〇年代對公共政策的討論和爭辯。例如當年的越戰對美國華盛頓的中心而言，就是一個新邊疆問題。同樣，今天大家常常提及花蓮的大自然，會不會一步步也成爲一種田園式、牧歌式的迷思。而這種迷思也同樣會像美國新邊疆意識一般，成爲將來創作的另外一個源頭，並不斷地被重構？

八、地域性和作家的視野

八〇年代中國大陸開放後，有一位中國詩人、一位中國評論家和一位中國比較文學研究者，曾在不同的場合向我提及：台灣文學相當精緻，但是氣魄不足。這些話背後的意思，也許隱指中原的大相較於台灣此地的小。但這個提法，從文學史來看，似較缺乏歷史的認知。舉例來說，愛爾蘭在十九世紀曾發生大饑荒，造成至少超過一百萬人餓死，導致多達一百五十萬至一百六十萬的愛爾蘭人移民到美國，成為後來愛爾蘭裔的美國人。在這麼困難的狀況，就在十九世紀末和二十世紀初，愛爾蘭仍然產生一次大規模的文藝復興和民族自覺運動。愛爾蘭在一九二二年成立自由邦，並於一九四九年正式脫離英國。根據一九九六年為止的統計，愛爾蘭是人口祇有三百五十萬的國家。可是，在二十世紀卻先後有四位諾貝爾文學獎的得主。第一位就是一九二三年的葉慈，接著是一九二五年的蕭伯納，一九六九年的貝克特和一九九五年的奚涅；另外一位沒有得獎但同樣享有盛名的則是小說家喬伊斯。從愛爾蘭的例子來看，地域大小、人口多寡和視野寬廣、成就高低，是沒有內在的、必然的邏輯關係。

九、花蓮文學的在地與外來

自從馬克思和韋伯作社會研究和社會調查以來，在地和外來一直都是研究社會地域的一個大爭論。這個爭論一直持續到六〇年代的美國，當時還是有二大陣營，分別為阿貝爾和韋思二派。站於在地的一邊，認為在地的掌握比較實在，外來則往往是蜻蜓點水式的膚淺。至於外來論則認為，當局者迷，旁觀者清。到了八〇年代後期、九〇年代初期的人類學和社會學，外來與在地的爭論又變成外來論較占下風。因為根據其時的在地論，外來論就是以自己的模式理論帶進在地的社會或者文化，去構造出一套符合自己心目中想法的一種理論，而這種理論就不能算是一種在地的、原生的觀察。文學創作或許也有同樣的問題。因為在美國的南方作家看來，他們對南方的語言和風土民情的掌握較北方遷移而來的作家精確、透徹。可是，有時從外地遷來的，對新地域的觀察常因新鮮感而有更敏銳的感受。所以外來和在地的問題，也就衍生出我們今天要如何定義花蓮作家的問題。誰是花蓮作家？怎麼樣的文學才是花蓮文學？也許我們可以說土生土長的、一直住在花蓮的自然是狹義的花蓮作家，但他們也能創作出和花蓮完全無關的廣義花蓮文學作品。同樣，花蓮文學也可以有狹義、廣義兩種。狹義是指其作品必然以花蓮作爲創作素材，而如此狹義的花蓮文學也可以是出自廣義的花蓮作家，就是原本土生土長、後來遷移別處者，或者遷移來花蓮又遷移出花蓮者，或者在花蓮定居期間寫出關於花蓮作品者。

十、花蓮文學作為地域文學的前瞻

在二十世紀末回顧地域色彩或地域文學，我們觀察到一個現象，即地域色彩逐漸模糊難辨。其一係因都市型的社會主宰性越來越大，其二係因交通便利後世界性的普及。其三是各種媒體發達後的環球性。

地域色彩慢慢模糊的現象更出現在語言使用上。像義大利的學者就曾提出：現在義大利創作中的語言，往往是一種標準電視語言的使用，地方方言的異質性的現象，也許會使得將來的地域文學，變成一種懷舊性的文學。換句話說，就是作者不斷地重構逝去的、青少年經驗的一種創作。但是話說回來，在不少作家的創作中，年輕時在一個地方的特殊經驗，往往是一輩子的創作源頭。這在文學史上的例子不勝枚舉，所以地域文學雖然逐漸在消失中，但是也不用太過悲觀。

一九九八年

港情港事

五

遺忘的歷史・歷史的遺忘

——五、六〇年代的香港文學

和香港「開埠」的一百年相比，五、六〇年代的香港文學可說是非常興旺。這個發展的歷史淵源則是國共內戰。抗日戰爭時期不少中國文化人曾經南來香港暫避戰亂，因此也在香港繼續創作。①四〇年代後期的國共內戰再次迫使大量中國知名文藝人士來港暫居；一九四八年在香港活動頻繁的就有郭沫若、茅盾、夏衍、歐陽予倩、秦牧、柯靈、吳祖光、司馬文森、邵荃麟、馮乃超等（學界則有翦伯贊、侯外廬、鍾敬文等十多人）。四〇年代後期的香港文藝活動相當密集，但由於當時旅港文化人絕大多數來自左翼，文藝活動往往實質上是「反國民黨、反帝、反殖」爲主的政治活動。《白毛女》、《小二黑結婚》及《人間地獄》（即柯靈、師陀據高爾基原著改編的《夜店》）等一九四八年的演出，可見當時香港文藝的左派色彩。這個傾向在一九四九年開始轉變，因爲是年中共在大陸不斷告捷，左翼文化人陸續北返，參與中共建政；而與此同時，司馬長風、南宮搏、林適存、趙滋蕃、徐訏、徐速、力匡等右派文人先後南來。

南來作家的左右對壘，很快就捲入當時美蘇兩大霸權的冷戰對峙。一九五〇年六月韓戰爆發後，美國加強圍堵共產主義在華人社會的蔓延，由華盛頓幕後支持的「亞洲基金會」，在一九五一年先後資助人人出版社及友聯出版社在港成立。前者出版的「蘇聯問題叢書」和「美國問題叢書」，不免大力批判共產主義和宣揚美國文化，但一九五二年五月創刊的《人人文學》雜誌（先後由黃思騁、力匡、齊桓等主編），則讓當時生活困頓、欠缺發表園地的右派文人，較能安穩地開展右翼文藝工作。相形之下，友聯出版社的影響在香港更爲深遠。一九五二年七月二十五日創刊的《中國學生周報》是五、六〇年代不少香港青年作家（及部分台灣作家）的重要園地，不少至今仍活躍香港文壇及文化界的作家，早年都在此起家。友聯出版社更針對不同的讀者群，創辦性質不同的《祖國》（一九五三年一月五日）、《大學生活》（一九五五年五月五日）和《兒童樂園》（一九五三年一月十六日）等雜誌，同時又成立發行公司、印刷廠和「友聯研究所」（專攻中共問題），成爲五、六〇年代香港文化重鎮。五〇年代參與友聯刊物及出版活動、至今仍較爲人熟悉的文化人有余英時、孫述宇（費立）和胡菊人等。六〇年代參與《中國學生周報》編務的年輕作家有陸離、羅卡、羊城和蔡炎培等（停刊前則有李國威和也斯等）。而六〇年代美國愛荷華大學開辦國際作家訪問交流計畫（亦間接由美國國務院資助），邀請的香港作家，仍以出身《周報》的作家爲主，如戴天、溫健騮和古蒼梧等。

五〇年代另一由「亞洲基金會」資助的右翼文化機構是一九五二年九月成立的亞洲出版社，由報人張國興負責，除專題研究（反共專著爲重點），亞洲出版社以文藝創作爲主，是五〇年代香港「反共」小說的大本營（粗略估計當在二百種左右）；並有翻譯、連環圖、兒童及青少年叢書等，是當時較多樣的圖書公司。一九五三年五月該社又創辦《亞洲畫報》，「反共」仍爲基調，但多次舉辦短篇小說比賽，對當時港、台、南洋等地的青年創作風氣，不無影響。

該社又曾組織亞洲影業公司攝製國語片，其中多部以當時較認真的小說為底本的電影，如一九五六年的《長巷》（沙千夢原著，卜萬蒼導演）及一九五七年的《半下流社會》（趙滋蕃原著，屠光啓導演），可視為五〇年代右翼電影界改編文學作品的代表。

美國間接支援右派文人之外，還直接通過美國新聞處宣揚其文化及價值觀。一九五二年三月創辦綜合性月刊《今日世界》；稍後以今日世界出版社名義，中譯及刊行美國文學名著與其他思想專書（部分曾由人人出版社刊行，先後參與中譯的名作家有林以亮、張愛玲、姚克、劉以鬯等）；以及替張愛玲出版《秧歌》和《赤地之戀》英文原本（一九五五和一九五六年），來向西方「宣傳」。

面對右派勢力，香港左翼文藝陣營也努力因應，但似乎資金較短缺。出版社方面，香港三聯書店以發行中國內地圖書為主，後來另有南粵和朝陽等出版社輔助出版業務。外圍書店也不少，例如南苑書屋、新地書屋、萬里書店和上海書局；牌子老的尚有香港商務和香港中華。雜誌方面，左翼也盡力抗衡。一九五六年四月《青年樂園》創刊，爭取《中國學生周報》同年齡層讀者。一九五九年四月創刊的《小朋友》，應是要和《兒童樂園》「對著幹」的。一九五七年一月創刊的《良友雜誌》似是針對《亞洲畫報》。比較正統的文學雜誌則有一九五七年六月創刊的《文藝世紀》。報章方面，左翼除原有的《文匯報》和《大公報》，一九五〇年十月再創辦《新晚報》（一九五六年九月五日開始連載金庸的《書劍恩仇錄》）；一九五二年十月又增加《香港商報》（一九五六年一月一日開始連載金庸的《碧血劍》）。這些報章都有連載小說和專欄混合的一般副刊；而《文匯報》更加闢類近四九年前《大公報》副刊的《文藝》周刊（由絲韋主編，至一九六六年底因「文革」而停頓）。整體而言，以書籍及雜誌的出版數量比較，五〇年代左翼文學是落後於右翼的，這在前六、七年尤爲嚴重。報章方面，《文匯報》、《大公報》、《新晚報》三份正統的，加上周邊的《商報》、《循環日報》和《晶報》（一九五六年五月五日創刊），尙勉可匹敵。及至「文革」爆發，香港左派在一九六七年五月全面響應，發動「反英抗暴」的極左鬥爭，左報銷量大幅下跌。②外圍左報如《新午報》、《田豐日報》、《香港夜報》更在一九六七年八月被港英政府勒令停刊。《青年樂園》及其特刊《新青年》也在同年十一月二十二日被勒令停刊。文學刊物方面，本來尙能統合非左翼作家的《海光文藝》（絲韋、黃蒙田主編），一九六六年一月創刊後，苦撐一年就自動停刊。另一份也是稿源較廣闊的《文藝伴侶》（李怡主編），一九六六年四月創刊後，八月就自行休刊。同時停產的還有當時的左翼電影公司。（中聯和光藝、長城和鳳凰等粵、國語片電影公司，在五〇年代及六〇年代上半都曾各有表現。）左派文宣自此一蹶不振。

在東西兩大陣營的冷戰氣候中，左右雙方在五、六〇年代香港華文社會，一直在意識形態上角力。當時退守台灣的國民黨政府仰仗美援維持，可說是自顧不暇。香港的右翼文化如無美國資金的初步灌溉，在當日香港的經濟環境，恐怕早就夭折，遑論日後的茁長壯大，成爲本土和獨立自主的力量。同樣，左翼如無中國幕後支持，恐連較爲弱勢的經營也無法維持。當年相當激烈的左右鬥爭，雖也產生不少張口見喉之作，但也形成不少報章、出版社及雜誌爲文學提供園地，間接孕育香港文學創作的局面。政治介入文學，後者幾必遭殃。但在五、六〇年代的香港，除了「反英抗暴」一役，文學卻弔詭地自有所得。

回顧這段歷史，港英殖民地政府在這場意識形態爭霸戰，祇是袖手旁觀，頂多偶然扮演「裁判」角色，可說是全面缺席。港英雖長期占領香港，但一直沒有培育本地的英語文學。（相形之下，加勒比海的小島聖露西亞，雖祇有一家中學，學生上大學還得到牙買加，一九九二年卻有沃克特以英詩創作獲諾貝爾文學獎。）或許這是因爲英國向來祇以香港爲進入中國大陸腹地的經濟踏腳石，無心經營。[3]當然，中國作爲政治實體的繼續存在、華文使香港和母體文化始終未曾斷裂、華人在文化心理上的夷夏觀、香港和中國相比過於「渺小」等，都可能是英國在港祇求平穩統治、不謀徹底「改頭換面」的原因。二次大戰後港督楊慕琦（Mark Young）的「政改」方案束諸高閣後，英國內部對香港的前途一直意見分歧。[4]及至中共建政，爲求維持現狀、保留在華立足點、顧全貿易利益，決定在一九五〇年一月率先承認北京政府。[5]而韓戰旋即爆發，中方在封鎖禁運中需要一扇對外開放的窗戶，香港的夾縫地位自此穩定下來。英國由於種種原因沒有在香港推行其一貫的殖民地語言文學政策，無意中「讓」出整個隸屬上層建築的文化空間，對一九四九年後華文文化活動在左右對壘下突趨蓬勃，起碼實質上沒有造成任何阻力。

當然，殖民地政府在威權遭到直接挑戰時，是不會不回應的。右派的趙滋蕃和王新衡先後因爲言論或行動被遣送去台灣；左派文藝人士司馬文森和劉瓊等一九五二年一月十日因政治活動被遞解出境；同年五月五日《大公報》被停刊等都是較著名的例子。但大體上，殖民地政府無民主、有自由的統治方式，使到香港的文化空間在當時海峽兩岸之間，是最開放和包容的。不論是國民黨或共產黨、右傾或親左，甚或是不見容於海峽兩岸的托派，都能夠在香港自由活動。香港文化人均可自行選擇，並各自宣揚信念或落實創作理想。因此，就當時兩岸三地的政治及文化情況來看，香港可說是一種「公共空間」或「公共領域」，容許歧異的聲音同時爭鳴，接受相互排拒的論述和平辯爭。香港文化空間這個特色，使到六〇年代成長的青年文化人，更能自主獨立，在沒有干預下自行摸索。綜合性同人雜誌《盤古》在一九六七年三月十二日的創刊，正是本地孕育的新一代文化人開始成熟茁壯的表現。差不多同一時期，文社及電影會活動日趨蓬勃（例如藍馬現代文學社和大影會），也是成長的另一徵象。

這個開放的特色，加上地理上的利便，五、六〇年代香港文壇與新興外國文化思潮的接觸，比大陸和台灣都較爲迅速和緊密。早在一九五五年十一月十日法國文化協會舉辦的演講，就包括卡繆（Albert Camus，一九五七年諾貝爾文學獎得主）和沙特（Jean-Paul Sartre，一九六四年諾貝爾文學獎得主）。而一九五六年二月十八日《文藝新潮》月刊（馬朗主編）的創辦，在譯介世界現代文學方面（尤其是現代主義作品），就遙遙領先兩岸。例如一九五六年的第二期，中譯英國詩人史提芬・史賓德（Stephen Spender）分析西方現代主義的著名論文，同時譯介當代墨西哥現代派詩人渥大維奧・帕斯（Octavio Paz，一九九〇年諾貝爾文學獎得主）、戰後美國戲劇名家亞瑟・米勒（Arthur Miller）、法國存在主義文學家沙特、自稱「惡魔主義」的日本感官派小說家谷崎潤一郎、瑞典表現主義小說家及詩人拉蓋克維斯特（Par Lagerkvist）。第三期中譯將西班牙戲劇推入二十世紀的貝那凡特（Jacinto Benavente）、英國現代主義詩人艾略特（T. S. Eliot，一九四八年諾貝爾文學獎得主）、希臘現代主義詩派奠基者沙伐利斯（George Seferis，一九六三年諾貝爾文學獎得主）、巴西現代小說名家馬查多（Antonio de Alcântara Machado）。第四期的法國文學專號，有二十世紀法國詩的選譯，從梵樂希（Paul Valéry）到夏爾（Rene Char），完整而有系統；小說的五家，紀德（André Gide，一九四七年諾貝爾文學獎得主）的中篇〈德秀斯〉和沙特的〈牆〉，都是戰後名作。從這三期的抽樣，可見當時部分香港文學界的「超前」現象。在譯介現代世界文學方面，《中國學生周報》的組織和自覺雖遠不及《文藝新潮》，但也持續不斷；曾繼《文藝新潮》之後再度譯介阿根廷小說家豪赫・路易士・波赫士（Jorge Luis Borges），並首次介紹德語女小說家瑪麗・路易絲・卡施尼茲（Marie Luise Kaschnitz）和伊爾莎・艾興格（Ilse Aichinger）的詩化小說，及法國霍布—格里耶（Alain Robbe-Grillet）等「反小說」的「新小說」（nouveau roman）。對世界（主要是歐美）現代主義潮流的介紹和關注，雖以文學爲主，但在藝術和電影方面，也有同樣的「先知先覺」。但今日回顧，香港在這方面的先驅性努力，往往因爲缺乏物質基礎，未能深化和系統化，比起七〇年代台灣及八〇年代大陸的同類工作，規模就相當遜色。

香港的特殊自由空間，在五、六〇年代的冷戰高峰，無意中也讓香港在文化上扮演中國與外界的溝通、轉口及中介地點。五〇年代訪問中國的緬甸、錫蘭、尼泊爾、紐西蘭、日本等左翼文化代表團，都得先來香港。同樣，中國出外訪問的代表團，如一九五四年十二月鄭振鐸訪問印度，一九五五年十一月郭沫若等去日本開會等，也往往先經香港。西方左翼文學家訪問大陸，香港也是必經之地；如義大利小說名家蒙蘭德夫人（Elsa Morante）一九五七年十月來港，冰島小說家勒斯尼士（Halldor K. Laxness）同年十二月來港，更不要說以香港作中途站經常來往的韓素音（Han Suyin）。而台北拉攏海外華文作家反共，香港自是組團重點。西方右翼文化人要收集反共資料，或到他們心目中的「前線」考察，香港自然不能錯過，例如冷戰時期美國極有影響力的專欄作家及政論家約瑟夫・艾索普（Joseph Alsop）就多次來港。⑥換言之，對不能夠或不願意去中國大陸的西方右翼作家，香港是「窺視」當時所謂「竹幕低垂」的中國的瞭望站。

香港之於中國，無論從地理、政治和文化的角度來看，都位處邊陲。但五〇年代亞洲出版社及自由出版社印行的反共小說，顯然不全是針對本地的讀者，而是借重邊陲，向中原「喊話」。而一些報刊，如《香港時報》和《祖國》，也是自邊緣向核心發聲。至於學術上在香港開花結果的新儒家（唐君毅、牟宗三、徐復觀，甚至周邊的錢穆），祇是立足香港，但文化上「一生爲故國招魂」（余英時語）。這其實是文學家及文化人自動脫離母體後的必然現象。同樣，左翼文學家和文化人在香港的大量工作，也未嘗不可視爲努力利用邊緣來確立新核心和新中原。

開始擺脫邊陲與核心的轇轕，逐步本地化和緩慢地塑造主體性，應是六〇年代中、後期。這是年輕一代成長茁壯、作家南來暫住變成長期定居的結果。淮遠、辛其氏和何福仁等在香港出生、成長、受教育、以香港爲寫作對象及發表園地的年輕作家，應是最易界定的香港作家。一九四九年前後南來的作家長期在香港生活寫作，如劉以鬯和林以亮等，今日早已成爲當代香港文學的前輩。南來作家中有不少短暫客寓後又離港發展的，如趙滋蕃和張愛玲等，雖居留不長，但留下取材香港、以香港爲寫作對象的作品，如前者的《半下流社會》（一九五三年出版）和後者探討香港族群關係的電影劇本《南北一家親》（一九六二年十月上映），都應視爲廣義的香港文學。同樣，六〇年代崛起香港文壇的年輕作家，後來因留學及婚嫁而長居國外，如蓬草和綠騎士，其作品就逐步脫離狹義的香港文學，隨著時間的流逝，變成廣義的香港文學。這種流動性和國際性，其實也正是這個小島城市在文學發展上的一個特色。

五、六〇年代的香港文學，雖是當時最不受干預的華文文學，但也是物質基礎最薄弱、生存條件最貧困的。而當時政府圖書館的不聞不問，完全可以理解，但對今日的文學研究者，史料的湮沒，不免造成歷史面貌的日益模糊。任何選集、資料冊和文學大事年表的整理工作，都不得不面對歷史被遺忘後的窘厄，但也不得不去努力重構。而在這過程中，過濾篩選，刪芟蕪雜，又在所難免。換言之，重新構築出來的圖表面貌，不論是有意或無意，不免是另一種歷史的遺忘。

一九九六年

註：

① 參看盧瑋鑾《香港文縱——內地作家南來及其文化活動》（香港：華漢文化事業，一九八七）。

② 左派報章的情況，可參看文灼非〈香港新華社如何透過左報做宣傳工作（一九四九—一九八二）〉，《信報財經月刊》（一九九六年一月號）。

③ 參看黃宇和〈租借新界：爲何「租借」？爲何「新界」？爲何「九十九爲期」？〉，《明報月刊》（一九九四年一月號）。

④ Steve Yui-sang Tsang, *Democracy Shelved: Great Britain, China, and Attempts at Constitutional Reform in Hong Kong* (Hong Kong: Oxford University Press, 1988).

⑤ 參看劉蜀永〈一九四九年前後英國對港政策〉，《二十世紀的香港》，余繩武、劉蜀永合編（香港：麒麟，一九九五）。

⑥ Robert W. Merry, *Taking on the World* (New York: Viking, 1996).

一九九七前香港在海峽兩岸間的文化中介

一九四九年以來，在台灣全面開放之前，香港是海峽兩岸三地裡唯一的「公共空間」；也就是一種政治、文化的空間，可以不受國家機器的控制，免於恐懼和壓迫，自由地對各項議題發表意見。

一、唯一的公共空間

香港曾經長期獨享的這個言論、思想空間，與英國殖民主義在香港的特殊運作息息相關。迥異於其他殖民地，英國在十九世紀通過三條條約奪得香港島、九龍半島、新界地區後，並無（或無意）建立文化霸權（或最終目標不是香港），因此沒有強制執行英語化的語文政策，對香港的華人、華語文化傳統亦任其自生自滅，甚至過分保守地尊重（例如《大清律例》裡的合法納妾，遲至七〇年代初才廢止）。在上層建築的法律、政治、文化等領域，祇壟斷和引進政制及英式法治。而弔詭的是，英式法治及其依恃的英國本土悠久的自由民主傳統，又保障香港華人社會的言論自由。

另一個讓香港殖民地位置維持不變的原因是韓戰及冷戰。一九五〇年六月韓戰爆發後，一九四九年十月才建政的中共，立刻「抗美援朝」。而在此之前，歐洲早已進入美、蘇對峙的冷戰。自此之後，美國及盟友對中國大陸展開封鎖、禁運及意識形態鬥爭，在英國人控制下的香港，成爲中國大陸對外的一扇窗口。反之，香港也是美國和台灣進行反共鬥爭的前哨。在熱戰和冷戰的夾縫中，香港的歷史情況就此成爲各方勢力都需要維繫的。

但這個公共空間的政治言論和宣傳，並不單是左派和右派的兩極對抗，還包括既反共又反蔣的第三勢力、既反中共又反右翼的托派殘餘、暫時托庇殖民地的中間偏右的知識分子，在五、六〇年代意識形態鬥爭最激烈的時候，明顯缺席的反倒是港英殖民地政府，其角色近乎「裁判」、「警察」，遇有那一邊越位過火，就進場緩衝。例如一九五二年將左派小說家司馬文森（代表作《風雨桐江》）及名演員劉瓊（作品有《大路》、《國魂》）遞解回大陸，稍後右派著名小說家趙滋蕃（《半下流社會》）和蔣經國留蘇老同學、立法委員王新衡遣送到台灣。

當年左派在港的文宣，強調新政府的革命性、道德性及正當性。右派對五〇年代初「鎭壓反革命運動」（「鎭反」）、「知識分子思想改造運動」、「三反五反運動」，和稍後的「三大改造」（即將個體農業、個體手工業和資本家的工商業逐步公有化），不斷攻擊，以昭示「共產」之可怕。有美國背景的「第三勢力」，認爲反共必然要高舉民主自由，右翼獨裁並無號召力和說服力。左舜生就曾赴台力陳全面落實全民選舉之道理（其他論點尙有放棄「舊法統」、凍結憲法、另擬新法、精簡政府）。這種說法無疑有「反攻無望」之嫌，自然不受理會。至於反中共、反美帝、反蔣的中國托洛斯基派殘餘分子，亦能在殖民地上喘息，並在國際托派的支援下，出版老托派彭湃的作品。稍後王凡西（雙山）的自傳、他對毛澤東思想的剖析，和托洛斯基對中國革命的分析等，都曾在港印行。行事隱密的托派，七〇年代後期加強本地化，投入香港基層勞工組織運動，又不時出版小型刊物和小冊子，批評海峽兩岸政局。一九八九年「六四」風波、一九九六年台灣全民直選總統，香港托派都曾以其獨特觀點，出版小冊子來分析。

綜上所述，香港這塊公共空間，數十年來倒眞做到「百花齊放、百家爭鳴」的局面。但值得注意的是，香港的時評政論，有很長的一段時期（近十多年自然日益關心本地），都衹是從香港的「邊陲」，向母體（中國）或左右核心（北京和台北）喊話、發聲。這和世界殖民地發展史上，發話和抗爭對象往往是殖民宗主國，是大不相同的。

二、無不曾庇護過

自孫中山開始，香港這個公共空間就是文化人和政治人物的避難所、落腳站。四〇年代末國共內戰期間，不少左翼學界及文藝界人士都被安排到香港暫避戰火。學界的知名人士有吳晗、翦伯贊、侯外廬、鍾敬文、胡繩等；小說家有茅盾、張天翼、端木蕻良、葉聖陶等；戲劇家有歐陽予倩、田漢、洪深、吳祖光、于伶等；詩人有郭沫若、卞之琳、臧克家、陳敬容等；散文家有柯靈、秦牧等；電影藝術家有費穆、夏衍、蔡楚生、程步高、史東山等。在中共一九四九年十月建政前，如連同其他文化界、新聞界略有名氣的人士，有上百人之眾。當時名詩人戴望舒主持香港《星島日報・文藝》編政，每日版面名家薈萃，陣容之強，在香港報紙副刊發展史上，難得一見。

在左翼文學家和文化人紛紛北上參加新政府的時候，右翼文藝界和新聞界則在國民黨全面敗退中南來香港。作家有徐訏、趙滋蕃、南宮搏、徐速、林適存、司馬長風、林以亮等。來港後投身電影界的有陶秦、易文、李翰祥、胡金銓等。在這場北上與南來的互動中，香港不問背景、不分左右的「避風收容」特性，至爲凸顯。而五、六〇年代香港文藝界和新聞界鮮明的左右對壘，也自此形成。

中國大陸「文化大革命」接近尾聲時，不少被迫「上山下鄉」的前「紅衛兵」、知識青年，冒生命危險以各種方式逃來香港（時香港尚奉行「抵壘」政策，即順利偷渡入境就可申請居留）。其中一群知青理想未泯，在顛沛流離中創辦文化刊物《北斗》（一九七七年六月創刊，共出九期），思考中國的問題，並以文學（詩、小說、報導文學）見證「文革」的苦難。一九七九年七月出版的選集《反修樓》後來亦傳入台灣，由爾雅出版社重刊。

而早在一九七三年，台灣作家陳若曦在回歸七年、親歷「文革」後，獲准離開赴港。一九七四年十一月在香港《明報月刊》發表小說〈尹縣長〉，雖一時未能在台重刊，但備受香港及海外矚目；一九七八年在美出版《尹縣長》短篇小說集英譯本，爲西方對「文革」狂亂之初窺。與陳若曦一樣懷抱理想、但回歸得更早的是金兆。一九五〇年香港高中畢業後就到清華、北大讀書的金兆，在大陸生活、教書、親歷各種運動後，一九七六年返回香港，一九七九年在《聯合報・聯副》發表的「文革」小說〈芒果的滋味〉，當時相當震撼，並獲《聯合報》小說推薦獎。這些作品的出現，都在大陸傷痕文學風湧之前，且下筆無任何政治桎梏和陰影。如果沒有香港的自由和中介位置，恐怕就沒有這些果實。

一九八九年六月四日的天安門風波後，香港再次成爲不少作家和民運人士逃離大陸後的首個落腳點。近七、八年來常在香港、台灣兩地撰文或出書的劉再復、蘇曉康、鄭義、蘇煒等，殖民地的香港無不曾庇護過。

三、左鞭右打下的出版

香港的出版自由及其空間，海峽兩岸政府都曾全力爭取利用，是意識形態交鋒的領域。但左右兩方原則上都各自支持的作品，有時亦未必「左提」、「右挈」，而會是「左鞭右打」。例如張愛玲一九五四年的小說《赤地之戀》，雖由美國新聞處支持在香港出版中英文本，但台北當局負責審查的單位，認爲結尾時主角返回大陸（沒有「投奔自由祖國」），加上個別幹部太過「人性化」，就無法在台印刷發行；一直要到八〇年代才能正式在台面世。

同樣，老舍和巴金的作品一九四九年後雖曾在大陸廣泛印行，但私底下仍不得不文字上「潔淨」一下。例如老舍的一九四一年名作《駱駝祥子》，結尾時人力車夫祥子因絕望而低頭，是「不太正面的勞動人民形象」；加上女角虎妞的言行頗爲露骨，與一九四九年後的「清教」規範不免扞格，因此一九五五年人民文學出版社的版本，作者自行刪修，以爲配合。而巴金早期的一些小說，偶有無政府（安那其）主義色彩，在五〇年代中葉刊行《巴金文集》時都曾刪修。因此，在香港流傳的一九四九年前繁體字複製本反爲不少名作保存原貌。這也包括沈從文和錢鍾書的作品。這兩位名家的代表作，有三十多年僅在香港印行流通；在大陸有點不合「時宜」，在台灣則是「陷匪」文人（老舍和巴金自是更嚴重的「附匪」一類）。八〇年代初廣州花城出版社策畫《沈從文文集》時，老作家所用的版本，即多來自香港友人的舊藏。

一九六八年小說家陳映眞因「思想問題」下獄，作品不能在台出版。他尙在綠島時，友人尉天驄將其小說代表作及其他相關文字，交時在國外的劉紹銘（曾以香港僑生赴台升學）編訂，在香港由小草出版社刊行；自此引起香港文藝界對陳映眞作品的興趣，〈將軍族〉等短篇就曾改編成舞台劇，由實驗劇團以粵語演出。（方育平導演一九八三年由左派銀都公司出資拍攝的電影《半邊人》亦涉及此事。）

七〇年代中葉，曾任《自由中國》半月刊文藝版編輯的小說家聶華苓的長篇《桑青與桃紅》，在台連載時過於「敏感」而中止，最後在一九七六年年底以完整面貌由香港友聯出版社出書。一九七九年「美麗島事件」及一九八〇年林宅滅門血案後，詩人楊牧一九八〇年三月有〈悲歌爲林義雄作〉一詩，在當日的氣氛自不能在台發表。同年九月在香港《八方》文藝叢刊第三輯刊出。由於《八方》另曾刊登陳映眞作品，又爲首份同時呈現大陸、台灣、香港、海外地區作品的文學刊物，當時更被誣指爲「統戰」雜誌。

「政治思想犯」方面，兩邊不討好、但都在香港面世的作品，今日仍較熟悉的，先後有五〇年代的雷震、六〇年代的殷海光、七〇年代大陸的王希哲、八〇年代初的魏京生等。而八〇年代後期，大陸「開放」「新時期」文學流入台灣，香港也發揮了中介、轉口的功能。

四、電影的左右鬥爭

一九五二年間，二十一位粵語電影著名演員和導演，對當時武俠打鬥流行、神怪胡鬧氾濫，頗爲不滿，便自行集資出力成立中聯影業公司，要爲「進步」（左翼）的電影事業盡些心力。創業片以巴金三〇年代名作「激流三部曲」之一的《家》改編（由吳回導演）。一九五三年一月上片，票房口碑俱佳。接著改編拍攝《春》（李晨風導演），同年十二月底上片。一九五四年二月中旬推出「三部曲」結局的《秋》（秦劍導演）。這三部電影不單爲中聯在港發展奠下基石，且成爲當年少數配音後進入大陸、全國放映的港產片。

五〇年代中葉在大陸放映時，廣受歡迎之外，《春》還在一九五七年獲北京文化部「一九四九—一九五五年優秀影片榮譽獎」。但這些影片的風靡一時，加上《巴金文集》出版後暢銷，不意竟引起大陸文藝界當權派的不滿（一九五七年已開始「反右派鬥爭」），通過北京師範大學中文系，成立巴金創作研究小組，要對「巴金創作中消極有害的方面」「幫助讀者、觀眾正確地理解」，還要對「資產階級的評論家」「徹底批判」（見一九五八年人民文學出版社《巴金創作評論》）。

相形之下，香港右派電影公司產品輸入台灣時，就沒有政治問題，待遇似乎較佳。美國幕後出資的亞洲影業公司一九五三年成立後，在港自行購地建廠，由曾任「中央電影企業股份有限公司三廠」（簡稱中電三廠，國民黨黨營事業，張道藩任董事長）廠長的徐昂千負責，以改編拍攝文藝小說為主，代表作為趙滋蕃原著的《半下流社會》（易文改編，屠光啓導演）和沙千夢原著的《長巷》（羅臻改編，卜萬蒼導演）。在當年「商業掛帥」的大形勢下，亞洲的電影是比較認眞嚴謹的；雖不免右派政治意識濃厚，但對香港當時的難民社會也有寫實的反映。（一九四九年五月前，香港人口約一百六十萬，而一九五〇年四月，已暴漲至二百六十萬：新增的一百萬自是南下流亡的人口。）

銀幕上雖偶有左右抗爭，但大多數作品仍是「市場導向」。五〇年代的香港電影產量驚人，初步估計有二千一百三十部。其中一千五百多部為粵語片，四百五十多部為國語片，另有一百三十七部廈語片（即閩南語發音電影）。參加夏語片攝製的電影人員並不見得通曉閩南語。因此仍是以原有的國語片、粵語片工作人員為班底。曾拍攝廈語片的國語導演有馬徐維邦、王天林、周詩祿、程剛、袁秋楓等。演員較知名的有三〇年代末國片紅小生白雲（後赴台定居），和當時藝名小娟的凌波。這些廈語片（例如凌波的《五子哭墓》、《林投姐》）多為傳統戲曲片，音樂均為南管。在香港的廣東話觀眾為主的市場，廈語片出路有限，不時到台灣上片才搖身一變為「台語片」。香港閩南語電影的單向輸出，及極少數台語片配粵語後改名在香港上片（如「王哥柳哥」系列），至今仍是比較忽略的一段電影史，但老影迷或尚音影殘存。

五、電影工業的奠基

一九六三年十二月，李翰祥自香港去台灣成立國聯電影公司，影評家焦雄屏稱為「改變歷史的五年」，並無過譽。

李翰祥對台灣電影的成長，有兩大貢獻。一是成立大片廠和培育專業人才。台製廠長楊樵就指出：「李翰祥爲拍攝《西施》而從香港引進的許多攝影、美術、布景、服裝、化妝、道具、燈光等技術方面的人才，對國片戰後的製作，發生了很大的影響，幫助很多。」（見一九八二年電影圖書館《六十年代國片名導名作選》）。其次是提攜不少導演。例如宋存壽（《破曉時分》）、楊甦（《幾度夕陽紅》）、王星磊（《北極風情畫》）、朱牧（《辛十四娘》）、張曾澤（《菟絲花》）、林福地（《塔裡的女人》）、郭南宏（《深情比酒濃》）。其中不少作品，李翰祥都掛名「策畫導演」，實際參與，對新導演不無啓發。編劇小組方面，雖有高陽、姚鳳磐、康白、鄒郎等，但似祇有姚鳳磐眞正發揮作用。

照李翰祥自己的看法，他的貢獻是「廢止明星制度」和「防止了中國影壇出現『托辣斯』」。「有一陣邵氏預備壟斷台港製片業和市場，成立一個一元的製片機構，而後對內設立機動系統，每年計畫生產。……如果『托辣斯』組織眞是成立了，那還有容導演討價還價的餘地？上面要什麼你拍什麼，毫無選擇。」（見但漢章訪問，〈等待大師〉，一九七二年二月《幼獅文藝》）後者國聯的確做到了。

一九六六年，台灣聯邦影業公司自香港挖得胡金銓加盟。同年興建大湳片廠，配合胡金銓《龍門客棧》一片攝製。此片一九六七年上映，不但賣座鼎盛，且自此奠定胡金銓的地位；而在造型、服飾、美術指導、動作設計、場面調度、客棧爲主軸的戲劇構思，都耳目一新，爲華語電影里程碑。此片風格影響深遠，後來聯邦和其他公司不少古裝武打動作片，都可看到影子。稍後胡金銓拍攝《俠女》，在聯邦片廠建築永久性外搭景，仿古設計，耗時年半，成為台灣最大古裝片場地。多年後胡金銓在日本接受訪問時曾指出，《俠女》一片外搭景投資驚人，但後來在此拍攝的影片起碼一百部以上。由此可見，胡金銓的才華，和李翰祥一樣，不單顯示在自己的作品，也在他們赴台工作的時期，對台灣電影工業的基礎，有重大貢獻。

六、載歌載舞，祇有在香港

一九四九年前的歌舞片，嚴格來說，祇能算是歌唱片。研究時代歌曲的名作家水晶就曾指出：「這些所謂歌舞片，其實祇有歌還有聽頭，舞祇是象徵性的，祇是把拖地長的白舞裙，舉起來扇子似地搧兩搧就算數了。觀眾彷彿對舞的要求也不高，……講究唱工，做工祇是臉上的表情……這些歌舞明星不是舞星。」（見一九八五年大地版《流行歌曲滄桑記》）這種華裔影評人張建德戲稱為「卡拉ＯＫ」式極廣義的「歌舞片」，到一九五九年《歌迷小姐》一片出現時，甚至變本加厲，一共唱了十八首歌。不過，同一年出現的陶秦編導、宋淇製片的《龍翔鳳舞》，不單是首部以彩色拍攝的國語歌舞片，也是眞正歌和舞結合的製作。宋淇和陶秦雖是上海的洋場才子，不聽國語時代歌曲，但《龍翔鳳舞》到底是要給華人觀賞的歌舞片，便一共用了十三首中國流行歌曲，都是三、四〇年代上海的時代曲，如〈毛毛雨〉、〈漁光曲〉、〈何日君再來〉、〈玫瑰玫瑰我愛你〉、〈三輪車上的小姐〉等，但都經過姚敏西式重編，例如〈毛毛雨〉改爲千里達島的加力騷節奏。與歌結合的舞蹈形式，因中國沒有現代舞傳統，乾脆「全盤西化」，從加力騷、踢踏舞、恰恰、西班牙民族舞、芭蕾舞，到三〇年代好萊塢歌舞片編舞大師巴斯比．伯克利的舞者過百的圖案設計式集體舞姿，堪稱百花齊放。但此片在彩色視覺效果上的精心構思，在華語電影史上應爲經典。衣服和布景的色彩搭配爲設計性和風格化之外，個別顏色又和劇中人物及情節發展內外呼應，匠心獨運。

此片成功後，陶秦投身邵氏，一九六一年又有米高梅式大型歌舞片《千嬌百媚》，仍是自編自導，並續與姚敏合作，大體上沿承《龍翔鳳舞》風格。電懋方面，改由易文掛帥，有《桃李爭春》（一九六二）、《鶯歌燕舞》（一九六三）、《教我如何不想她》（一九六三）等三部大型歌舞片。在陶秦以外，邵氏在六〇年代中甚至自日本聘請導演井上梅次、攝影西本正、作曲家服部良一，合拍出《香江花月夜》（一九六七），但全片成績及個人風格反比不上陶秦初步嘗試的《龍翔鳳舞》。

今日回顧，眞正歌舞結合，借鑒好萊塢的大型歌舞片，當年祇有香港可以生產。首先是電懋和邵氏各自擁有完整的片廠，硬體上可以支持。其次是上海南來電影人才對這個美國獨有的電影類型特別熟悉。最後則是當年祇有在香港，電影界才可以完全避開「政治主旋律」，盡情投入聲色之娛的「逃避主義」，徹底西化地《花團錦簇》、《萬花迎春》（陶秦一九六三及一九六四年邵氏歌舞片）。

七、為中國招魂

一九九〇年錢穆在台逝世後，中央研究院院士余英時爲文追悼業師，說他「一生爲故國招魂」。「招魂」是指錢穆以「他對中國文化的無比信念和他在中國史研究方面的眞實貢獻」，「從歷史上去尋找中國文化的精神」（見余英時，《猶記風吹水上鱗——錢穆與現代中國學術》，一九九一年三民版）。新亞書院一九五〇年三月在香港創辦時，一無憑藉，祇有理想。錢穆在一九五三年曾說明如下：「我們學校之創辦，是發動於一種理想的」，即中國民族「必會有復興之前途」，其基礎必然是「對於中國民族已往歷史文化傳統之自信心的復活」，「要發揚此一信念，……其最重要之工作在教育。所以我們從大陸流亡到這裡，便立刻創辦了這學校」（見《新亞書院校刊》第三期）。

一九四九年間，大量中國知識分子南來香港。當時徐復觀和張丕介在港創辦《民主評論》雜誌。錢穆和唐君毅都是主要作者，因此促成錢穆邀請張、唐兩位一同興學。從舊照片來看，新亞書院在九龍深水埗桂林街六一至六五號三樓和四樓兩層校址，占地不大，祇有教室和辦公室，沒有圖書館。開學時錢穆爲院長兼文史系主任，唐君毅爲教務長兼哲學系主任，張丕介爲總務長兼經濟系主任。成立時專任教授僅定八位。一九五二年夏舉行第一屆畢業典禮，畢業生祇有三人（均曾在大陸上過大學，故修業時間較短），其中一位爲余英時。這個時候也是新亞風雨飄搖、經濟最拮据的。幸好翌年得到美國在港設立的亞洲基金會經濟支援，又獲耶魯大學的中國雅禮協會補助；稍後獲得哈佛燕京學社、洛克斐勒基金會等支持，才穩定下來。一九五六年九龍農圃道校舍建成後（地皮由港府撥贈），新亞書院和新亞研究所，終算初具規模。

一九五八年元旦，張君勱、唐君毅、牟宗三、徐復觀四位在香港《民主評論》發表〈中國文化與世界〉的宣言，自此有「新儒家」之說。而曾在新亞任教的唐、牟、徐三位後來對台灣哲學界、思想界的影響，廣爲人知，不用在此多言。早年新亞畢業生多爲文、史、哲人才；較爲活躍的除余英時之外，尚有孫述宇（筆名費立），均先後參與香港《中國學生周報》（一九五二年創刊）和《大學生活》半月刊（一九五五年創刊）的工作。六〇年代自新亞研究所畢業的逯耀東，七〇年代後期曾在港創辦《中國人》月刊，一時與《明報月刊》和《七十年代》月刊鼎足而三，亦爲當時大陸民主運動重要文獻的發表園地。

一九七三年夏天，位於新界沙田的香港中文大學新校舍落成，新亞書院爲中大三家基本成員學院之一，大學部遷入沙田，但新亞研究所仍留設農圃道校址，並在行政上與隸屬中大的新亞書院脫離，但其碩士、博士學位仍得台北教育部承認。及至一九七五年，香港政府將中文大學三家學院的「聯邦」制統一爲「中央集權」制，新亞董事會聯名辭職抗議，新亞書院自此名存實亡。

附記：

香港中文大學三家學院，祇談新亞，因爲祇有新亞師生在台港文化交流角色最吃重。其他兩家學院可能傳統不同，與台灣無甚互動。崇基學院一九五一年在港成立，仰仗英、美及香港基督教會的大力支持，甚具規模，首任校長李應林即前嶺南大學校長。崇基的教育色彩濃厚，校名即崇尚基督之意，校園有教堂及校牧。聯合書院係一九五六年秋，由廣僑、光夏、文化、平正等大陸南來大專教育界人士興辦的小型專上學校，因經濟壓力併合而成。史地學系主任、考古學者衛聚賢後赴台定居。

八、中國是一座神秘電台

「啊！我的祖國是一座神秘的電台。」一九八〇年年間，中國大陸已逐步開放，台灣詩人楊澤在香港《八方》文藝叢刊第二輯發表詩作時，仍不免有這樣的感嘆。一九五〇年韓戰爆發後「竹幕」低垂，中國大陸對外人之「神秘」，自不在話下。香港不單最接近大陸，還有大量流亡困頓的知識分子，地理上和人力上很自然就成為瞭望中國、窺探中國的前哨。五〇年代初，在美國資金的支持下，友聯出版社和友聯研究所先後成立，除出版多種性質不同、讀者對象不同的刊物，友聯研究祇有一個重點，就是中共問題。主要工作是大量搜集大陸的各種資料，分門別類剪存歸檔，並有專職研究員；文藝界較為熟悉的應為趙聰，一九五八年友聯版《大陸文壇風景畫》為當時資料豐富的參考書。大陸「文革」爆發時曾撰寫一系列左派作家被鬥的文章，亦頗見其材料功力（一九七〇年由右派俊人書店與其他文章結集出版；一九八〇年擴大增補，易名《新文學作家列傳》在台刊行）。一九五三年一月五日，友聯出版社創辦《祖國周刊》，以大陸問題為重點，主要作者有徐東濱、秋貞理（司馬長風）等；文學創作的作者有李素、燕歸來、王敬羲（後在台灣師範大學英語系畢業）等。在五〇年代的港、台、海外，

《祖國》（一九六四年四月改為《祖國月刊》）是關心大陸問題必然參考的。

台灣方面，除購買美國支持的香港「中共研究」，也在港間接大量蒐集報紙、雜誌、書籍，供黨、政、軍的「匪情」研究單位運用。當然，大陸亦通過香港，長期訂購和收集台灣的各種出版物；例如《聯合報》、《中國時報》和《中央日報》，運港後都有「固定」訂戶，並不是全數送交尖沙咀天星小輪碼頭報販零售。

至於英國方面，對「中共問題」似無長期、通盤的研究（很可能依賴美方支援），在香港的工作重點是通過「政治部」（Special Branch, RHKP）監視左右兩派及其特工在港的活動。遇到「過火」情況，就動用移民局「不受歡迎人物」條款，不必審訊和定罪，拘留及驅逐出境（遣送回大陸或台灣）。六〇年代參與香港學運、七〇年代加入政治部、八〇年代協助解散政治部（因應九七）的「羅亞」，在九六年《政治部回憶錄》指出，國民黨特務有時通過黑房照片加工，再收買右派報章編輯，「串謀製造虛假消息」，送回台灣以「敵後工作新聞」發布。此類消息，台灣新聞界前輩想或尚有印象，此處不贅。

但在冷戰的封鎖時期，香港亦為中國大陸在文化上與外界溝通的轉口站。五〇年代大陸出外訪問的文化代表團都得先來香港（因無邦交及通航），例如一九五四年鄭振鐸率領訪問印度的中國文化代表團，一九五五年成仿吾、謝冰心、趙樸初等訪問日本的「反核武」團。同樣，當年無法前往大陸的西方極右派文化人，有時亦祇能到最接近中國的「前線」香港蒐集考察，例如冷戰高峰期美國影響力甚大的專欄作家約瑟夫・艾索普就多次來港，亦往往就近訪台。由此可見，香港在另一條文化、新聞戰線上，也是「左」、「右」交錯。

九、台港的小說交流

一九五〇年韓戰爆發後，爲了圍堵共產主義的蔓延，美國官方幕後支持的亞洲基金會成立。一九五一年四月該會資助的友聯出版社創辦。翌年又資助報人張國興創辦亞洲出版社。友聯似以辦雜誌和中共研究（友聯研究所）爲主。亞洲則大量出書，以文藝創作爲主，另有中共問題、翻譯、連環圖、兒童書、青少年讀物等，約共四百多種。亞洲尚有《亞洲畫報》，經常舉辦短篇小說比賽，因在台灣可以正式發行，台灣的參賽者甚眾，一九五五年的短篇小說比賽得獎人即爲彭歌（姚朋）。

在文藝創作方面，小說最多，粗略估計應有二百種左右。這些作品的作者不少都在台灣（或陸續赴台定居），內容絕大多數都是「反共、反暴政」。以量而言，亞洲應爲五〇年代「反共」小說的大本營。這些小說中最有名的大概是一九五三年出版的趙滋蕃的《半下流社會》。

及至一九五六年二月《文藝新潮》月刊創辦，在左右對抗的意識形態鬥爭中，沒有任何援助之下獨標現代主義（前衛派）文藝的路線。雖不能在台發行，但通過少數文友幫助，偶有台灣來稿。一九五七年舉辦《文藝新潮》小說獎，首獎得主爲後來以歷史小說馳名的高陽，題爲〈獵〉的短篇，諷刺當時台灣官場的「獵官」過程，恐以當年的大氣候不易在島內發表。一九五九年《文藝新潮》第十五期，高陽另發表中篇〈幻愛〉，寫一位外省新聞記者與台灣少年往來經過，選材相當獨特。

《文藝新潮》結束後，一九六三年崑南、李英豪創辦的《好望角》，依舊標榜現代主義文藝路線，和台灣文壇的聯絡緊密。一共祇出十三期的《好望角》，小說一向不多，先後僅有六位作者，但篇數最多的爲台灣的汶津（張健）和大荒。創刊號尚有陳映眞的抒情、略帶虛無色彩的短篇〈哦！蘇珊娜〉。

一九六七年，大陸「文化大革命」在港引起「反英抗暴」騷亂時，林海音在台創辦的《純文學》月刊，以紙型重印方式在港出版，由師大英語系畢業的香港僑生王敬羲負責港版。爲了增添一點本地色彩，不時在原台版後，加頁刊登香港作家稿件。例如姚克戲劇《陋巷》一九六八年四月刊出，後來又有胡金銓《龍門客棧》和《俠女》電影劇本。在這個基礎上，王敬羲的正文社和文藝書屋，經銷、印行不少台灣作家的小說，例如於梨華的《變》、林海音的《城南舊事》、司馬中原的《山靈》等。

在這個時期，一九四九年後在港成長的小說作者也日趨成熟。較年長的西西在六〇年代中就以短篇〈瑪利亞〉獲《中國學生周報》小說獎第一名。及至七〇年代，也斯受法國「反小說」的「新小說」啓發，以高度客觀、純粹描寫、相當疏離的手法來寫香港商界的現實；又受拉丁美洲魔幻寫實主義技巧影響，有〈李大嬸的袋錶〉等之作。這兩輯風格殊異的作品，後來在詩人管管安排下，由台灣民眾日報出版社以《養龍人師門》書名在一九七九年刊行。

一九七八年大陸開放伊始，香港作家不受「戒嚴」所限，率先漫遊中國，也是最早通過小說藝術來過濾三十年的分離經驗，如辛其氏一九八〇年的〈尋人〉（見洪範版《青色的月牙》）。大陸的開放，也讓鍾曉陽的〈翠袖〉能夠初步呈現中、港的情意轇轕（見洪範版《流年》)。鍾曉陽一九八二年在《聯合報・聯副》連載的《停車暫借問》,更震驚文壇,行銷一時。一九八三年,西西在香港《素葉文學》雜誌發表的〈像我這樣的一個女子〉,獲〈聯副〉重發,並因此獲取同年的〈聯副〉短篇小說推薦獎。西西自此與台灣文壇結緣。

而在一九七七年,成名已久的台灣小說家施叔青定居香港,一住十七年,先以其細膩的文筆、敏感的觀察寫下十多篇香港故事(洪範版《愫細怨》、《情探》、《韭菜命的人》),點染香江繁華,感嘆新移民辛酸,側窺台灣客心情;再以《她名叫蝴蝶》、《遍山洋紫荊》、《寂寞雲園》的「香港三部曲」,為一九九七年六月三十日午夜終結的殖民地歷史畫出瑰麗的長卷。

十、台港的新詩互動

一九四九年後南來香港的詩人,政治上屬於右派的徐訏、齊桓、力匡,都是新詩格律派。偶有詩作的林以亮更認為自由詩乃新詩之大弊。左派詩人中,格律和自由都有;但較有特色的仍是繼承抗戰時期朗誦詩傳統的何達。不過,兩派詩人和大陸、台灣詩壇似無甚聯繫,都衹是在香江吟唱和控訴(暴政或窮人苦難)。

一九五六年馬朗負責編務的《文藝新潮》創刊後,情形為之改觀。港、台兩地現代派或前衛派開始隔海唱和。《文藝新潮》一九五六年八月第四期法國文學專號,紀弦幫忙翻譯阿波里奈爾詩選,葉泥自日文轉譯古爾蒙和福爾詩抄。紀弦針對古典美學、反傳統的代表作〈阿富羅底之死〉和〈存在主義〉等先後在《文藝新潮》發表。在紀弦安排下,台灣「現代」詩社、

《現代詩》同人先後以兩個專輯在《文藝新潮》亮相，開始串連。首次爲「台灣現代派新銳詩人作品輯」（一九五七年二月），有林泠「秋泛之輯」五首、黃荷生「羊齒秩序」四首、薛柏谷「秋日薄暮」四首、羅行「季感詩」五首、羅馬（商禽）〈溺酒的天使〉外二題。第二次爲「台灣現代派詩人作品第二輯」（一九五七年八月），有林亨泰〈二倍距離〉外二章、于而〈消息〉外一首、季紅〈樹〉外兩帖、秀陶〈雨中〉一輯三首、流沙〈碟形的海洋〉及其他。方思則先後在《文藝新潮》發表詩作及里爾克中譯。一九五七年十月更有方旗別樹一幟的〈江南河〉等抒情詩九首。以上的詩人，不少已成爲台灣現代詩發展上的重要人物。當時對香港的一些青年詩人，似也有所刺激。而一九五九年九月瘂弦在港出版《苦苓林的一夜》，六〇年代初又在香港《中國學生周報・詩之頁》，發表後來傳誦一時的作品十多首，仿者甚眾。西西在主編《詩之頁》時，就明白指出，當時創作力豐沛的柏美和芯明雖表現不俗，但都要擺脫瘂弦的影子。

余光中在六〇年代上半企圖轉化中國古典詩的意象和境界，在現代主義的孤寂淒厲之外另闢路徑。這個嘗試對曾自其手上獲得「水晶詩獎」的香港僑生溫健騮，影響甚大；六〇年代中葉終以寫杜甫的長詩〈長安行〉，將舊詩文字肌理與主題人物心境，作出既現代、也中國的新詮。僑生戴天一九六七年在港參與創辦《盤古》月刊，余光中應邀去稿，〈雙人床〉和〈如果遠方有戰爭〉在封面和封底內頁手稿製版刊出，可見重視。而《盤古》主編之一古蒼梧批判台灣現代詩過度晦澀的文章，則被余光中在島內引用，視爲論戰中的外援。

七〇年代余光中到香港中文大學中文系任教，除引發出《與永恆拔河》裡的香港詩作，對當時還年輕的香港詩人黃國彬、陳德錦、曹捷等，有程度不一的影響。香港詩壇後來甚至一度有「余派」之說。但最爲神似的，倒是八〇年代余光中返台前才開始寫詩的王良和；一九九二年詩集《柚燈》中一些作品，直可亂眞。

附記：

不少台灣詩人都曾在香港發表詩作，也有一些香港僑生赴台升學後成名於台灣詩壇。本文限於篇幅，祇集中介紹兩地互動中影響較顯著的。此外，方旗的詩在台灣祇發表過兩次，亦鮮爲人知；離開台灣多年後詩稿被友人自行印出，在六〇年代後期送武昌街明星咖啡館門前詩人周夢蝶的書刊攤，請免費代送詩友。這個創作和出版的時間差距，曾誤導一些論者將方旗視爲鄭愁予、林泠、葉珊的「傳人」。現據一九五七年十月在港發表的九首抒情詩來看，實爲同一時代的聲音。

十一、「包浩斯」、張肇康、台灣建築

三〇年代末期，納粹主義猖獗，德國現代主義建築學派「包浩斯」（Bauhaus）領導人格羅皮奧斯（Walter Gropius）避居美國，出任哈佛大學建築系和研究所主任。貝聿銘一九四六年在此獲碩士學位。世居香港，但在上海聖約翰大學建築系畢業的張肇康（當時張氏的老師黃作燊即爲格氏最早的中國學生），後來在哈佛追隨格氏專攻建築時，認識了貝聿銘。

五〇年代中，貝聿銘承接東海大學的設計，張肇康和另一位在格氏建築事務所工作的建築師陳其寬，就很自然被邀合作。自一九五五年年底到一九五九年年初，張肇康承擔的是文理學

院、圖書館（舊館）、體育館及部分男生宿舍的設計和施工。張氏的構思可視爲「包浩斯」建築觀的落實：講求實用、與生活環境配合、造價低廉、設計時預求建材規格化。後兩項是一體兩面。因此先行設計一個基本單位，然後以此組合、連結、配套。宿舍睡房的一個開間是九個格子，而兩單位（兩睡房）合併就是一教室。所有門窗尺寸一律，而兩扇窗就是一道門的闊度。至於外觀，則以宋代屋頂「人」字造型爲藍本，配以本土傳統民居的磚牆（建材可取自本地）。基本單位組合成長度不同的校舍後，再以庭園和台灣檜木迴廊來連成一片。至於圖書館的設計，考慮台灣的亞熱帶氣候，以陶筒瓦爲透穿式圍牆，又用傳統的琉璃花格磚作遮陽幕牆，完全發揮因地制宜、就地取材、功用實際、造價便宜的原則。

「包浩斯」的原則是抽象的，張肇康的實踐則有更大的意義。首先是對本世紀華人建築界的摸索，早在五〇年代就提出另一個「既現代、又本土」的途徑。其次是對台灣官方建築的復古主義（即以現代的建築材料和方法來完全複製功能不同的古代建築外觀，例如圓山飯店之類），通過對比而有所啓發、批評。最後則是從台灣建築的發展歷史來看，當年的嘗試或可視爲八〇年代後期台灣「本土式後現代」建築風格的濫觴。（此處是指以拼貼、湊合、互涉的西方「後現代」原則，用本地的傳統建材、風格、美學觀爲基礎作全新的融合，例如劍潭青年活動中心和澎湖青年活動中心。）

一九六八年落成的嘉新水泥大樓，應是台灣第一幢現代化辦公大廈，象徵著工業進階和經濟茁長。設計是台港合作，由台北沈祖海事務所負責。自港赴台的張肇康承擔的是細部設計和部分施工。大樓的外型應是脫胎自芝加哥學派早期現代主義風格，即台基高、屋身無變化直上、屋頂收頭的三段組合；談不上獨特創意。但在當年的台灣，要蓋這樣的大樓，施工應是最重要環節，而細部和建材的規格化及標準化，應該是張肇康赴台的主要原因。

嘉新大樓完成後，香港在七〇年代中進入建築蓬勃期，但張肇康的才華卻從未能在土生土長的香港施展。他在香港一直是「紙上談兵」，祇能長期在香港大學任教。退休後曾到大陸研究中國民居；一九九二年六月中風去世。

附記：

關於貝、張、陳三位建築師合作設計東海大學，陳先生部分可參看黃健敏：〈空間‧時間‧人間——建築家陳其寬〉，《聯合報‧聯合副刊》一九九七年一月三十一日及二月一日。

十二、金庸／查良鏞

金庸是香港最大宗的出口文化工業。大陸開放以來，據說已過千萬冊。香港、海外、台灣一向長期暢銷。自一九五八年《射鵰英雄傳》拍成粵語片後，近三十年的粵、國語電影電視改編，更是深入民間。

金庸的武俠小說成就甚高，此地衹扼要介紹幾個特色。首先是部分作品可視爲新派歷史小說，如《碧血劍》、《書劍恩仇錄》（一九五五年二月八日開始在《新晚報》連載）、《射鵰英雄傳》（一九五七年一月一日在《香港商報》連載）；也就是說，虛構主角與歷史人物混合出現，通過前者讓讀者管窺歷史事件對人的撞擊，而一個逝去的年代得以透過個人、直接的「經驗」展示出來。其次是一些主角不再是傳統的英雄，而是正邪之間，或叛逆傳統的「反英雄」，較爲接近現代小說裡的一個新典型。最後是不「武」不「俠」的韋小寶，使《鹿鼎記》（一九七二年九月在《明報》刊完）成爲武俠小說類型的「反文類」。

金庸本名查良鏞。據老報人羅孚（筆名柳蘇）回憶，查良鏞一九四八年來香港後，「先在《大公報》編國際新聞版，後在《新晚報》編副刊，然後又回《大公報》編副刊。……這當中，他還在一九五〇年辭職北上，希望……進入外交部工作。」失望後「南回香港，重入《大公》」（見一九九三年北京三聯版《香港文壇剪影》）。替左派《新晚報》和《香港商報》寫武俠小說階段，查良鏞也爲左派長城電影公司編劇本，筆名林歡。一九五三年有古裝片《絕世佳人》（李萍倩導）、一九五五年有時裝片《不要離開我》（袁仰安導）、一九五六年有喜劇《三戀》（李萍倩導）、一九五七年有古裝片《小鴿子姑娘》（程步高導）、一九五八年有《蘭花花》（程步高導），同年更與程步高合導喜劇《有女懷春》。

一九五九年，查良鏞離開左派機構，以稿費和編劇收入創辦《明報》；五月二十日創刊，同日開始連載《神鵰俠侶》（至一九六一年七月五日完結），單憑其武俠小說吸引讀者買報。早年的《明報》是小報格局，黃、賭、俗難免。六〇年代中開始提升報格。一九六六年「文化大革命」爆發，《明報》深入報導，大量發表各種流傳出來的資料（紅衛兵報紙和所謂「黑材料」），後並由丁望編輯出版，備受各方矚目。一九六七年香港左派發動「反英抗暴」，呼應大陸「文革」。查良鏞每日在《明報》撰寫社論，痛批之餘，並呼籲香港市民支持港英政府鎮壓左派暴動；因此被罵為「豺狼鏞」，還上了左派的公開「暗殺」名單（當年極受歡迎的電台節目「大丈夫日記」主持人林彬就因叫市民支持「鎮暴」而被燒死）。

七〇年代初，小說被禁的查良鏞訪問台灣，與台北高層相談甚歡，回港後發表〈所見、所聞、所思〉長文。八〇年代初開始訪問大陸，一九八一年獲鄧小平接見，返港後發表訪談紀錄。稍後出任香港特區基本法起草委員會委員兼政制小組召集人，又擔任基本法諮詢委員會委員。一九八四年將百多篇社評輯成《香港的前途》中英文版，封面印有「自由＋法治＝穩定＋繁榮」之觀點。一九八九年六四悲劇後，甚表哀傷，向北京辭去所有職位。一九九六年病後復出，再次參與港事，擔任特區行政首長推選委員會委員。一九九七年六月初曾發表文章推崇鄧小平。看來金庸雖已「金盆洗手」二十多年，但查良鏞則仍未能「忘情於江湖」。

十三、最後一程的見證

一九九七年春天，香港中文大學新聞系調查香港報紙的公信力，榜首是標榜財經新聞的《信報》。相對於不少同業，《信報》銷量不大，恐怕還比不上坊間一些「八卦」雜誌，但在掌握香港政經、理解中台局勢、盱衡國際變幻方面，《信報》長期以來都是文化界、工商界菁英不可或缺之參考。八〇年代中英談判的急管繁弦中，《信報》的言論更備受矚目，且不時引發官方回應，影響力由此可見。《信報》的影響力主要來自一枝筆桿子。

一九七三年創刊以來，文人辦報的林行止獨力撰寫、每日署名發表的「政經短評」（即社論），一周六天，從未中斷。林氏文章背後有兩大信仰。經濟上是不干預的自由主義市場運作；政治上是獨立意志、自由選擇的個人主義。在香港不少同業逐步市儈、媚俗、自殘的潮流中，「政經短評」能堅持個人理念放言高論，不單是異數，甚至可視為「異議」。

「政經短評」的行文態度一向穩健、持平、實在。既有英美自由民主傳統強調的包容，又有自尊自重的大報社論應有的敢言。長期替香港「意見領袖」中介、申論、剖析中、港、台問題的過程中，這些每日限時交稿的文章，大體上都能照顧各方觀點，正反並陳，最後才作個人論斷。例如一九八九年五月二十一日，肯定北京學運長遠的「積極意義」之餘，也力排眾議，指出「會帶來消極影響」（見台灣版林行止政經短評第二冊《六月飛傷》）。九〇年代初支持香港政制改革，但念念不忘民意代表大派免費午餐的通病。一九八九年十二月二日評論台灣的立法院、縣市長、省市議員選舉，肯定「五千年來第一次」的「自由度與公平性」；但十二月八日則評估，「政治自由民主化」勢必加強、深化台灣獨立的路線（見林行止政經短評第四冊《樓台煙火》）。

一九七五年及一九七六年，大陸「文化大革命」尚在尾聲，林行止率先提出九七年新界租約期滿後的香港前途問題，並認為英國人不會「賴著不走」；在當時可謂石破天驚，一些人更斥為「危言聳聽」。一九七六年十二月九日甚至預測，「在我們的想像中，當新界租約屆滿之期，治港的英國人會光采地撤退，屆時由英國人一手培養出來的華人官員，包括不久前委出的華人港督在內，將率領港府文武百官及曾獲英皇頒贈勳銜的各界名流，在皇后碼頭或啓德機場悲送。」（見一九八四年港版《香港前途問題的設想與事實》，全書六百多頁，台灣版分為「政經短評」第十三冊《前途半卜》及第十四冊《賦歸風雨》)。二十年後回顧，除了送行地點及情緒或有不同，當時卜測可謂洞燭先機、推斷精確。

一九九七年年初，林行止宣布輟筆。「政經短評」五月在台出版最後四冊(一共四十五冊)。這一士諤諤的六百多萬字，析錄了一段歷史，見證了一個時代，陪伴殖民地的香港走到最後一程，也早成爲香港風雲的一部分。

一九九七年

五、六〇年代的香港新詩

一九五〇年代初活躍於香港文壇的詩人多爲格律派。年齡較大的是徐訏（一九〇八—一九八〇）和林以亮（宋淇，一九一九—一九九六）；年輕一輩則爲力匡（一九二七—一九九一）和齊桓（夏侯無忌，一九三〇年生）。其中林以亮甚至認爲：「自由詩對中國新詩的總的影響是極其不健康的……以致形成中國詩有史以來格調最卑的局面。……這種現象恐怕還要維持下去，一直等到新詩人創造出各種新的形式來才會澄清」。①一九五〇年代初同時有作品發表的這四位詩人對自西方引進的十四行詩體都較爲喜愛，其中徐訏和力匡則特別重視每段行數對等及段內韻腳。在韻腳的構成和位置方面，這幾位詩人都不太拘泥西方形式。換言之，祇是以音樂性或節奏感爲形式上的大方向。

一九五〇年代初爲韓戰及韓戰後的東西冷戰對峙時期，大量作家的抗共意識不時流露詩中。調景嶺詩人因爲強烈反共而不斷口號式吶喊，是可以理解的。②但這個「時代的烙印」則連詩作向以抒情爲主的徐訏亦未能免；例如一九五六年的〈故居〉，首段的文字覆沓頗見效果，但第二段起就立即轉入明顯的政治喻意，至終段（第六段）才結束：③

在燕子飛去前，燕子飛來後，我無時不勸你遠行，
等蓮花開了，蓮花謝了，我還是叫你莫留戀故居，
長長的路途彎彎的河流哪裡沒有大城小城？
哪一個大城哪一個小城裡沒有舊雲舊雨？
但是你偏要守你荒蕪的庭院，
說庭前有你熟悉的鶯歌燕語；
而今樑間的燕巢裡躲著蝙蝠，
翠綠的樹梢也被凶殘的烏鴉占據。

相對於右翼知識分子的反共詞藻，左派作家亦不乏「抗美援朝」、「反帝反蔣」之作。其中以產量驚人的何達在藝術上較有特色，主要是明朗和朗誦性兩點。在〈學詩四十五年〉一文，何達有以下自剖：「我成長在抗戰的年代。爲了抗戰，必須明朗。……也衹有明朗的詩，才能拿到群眾的集會中朗誦。這種詩朗誦，可不是目前香港『朗誦節』中的『朗誦』，不是那種類似聲樂表演似的花樣，而是詩作者和朗誦者與廣大群眾之間的直接的交流。」④

一九五八年的〈簽名——記一個知識分子的話〉很可以說明何達的自述。當然，到了五〇年代，明朗就不再是支持抗戰，而是香港的工人和工運。何達的這類詩確實不能默讀，而要朗聲誦出，才能充分掌握其斷句、分行、音步背後的另一種節奏感。何達也很可能是香港五、六

〇年代產量最大的詩人；曾以洛美筆名長期在《新晚報》副刊上每日發表一首詩。這些作品多以抒情爲主，偶亦針對時事，但也許限於篇幅，朗誦特色無法凸顯。

異於格律派和朗誦風的，則是取向接近西方現代主義的馬朗、崑南、王無邪（伍希雅）、海綿等。雖然創作觀點不同，馬朗等人和林以亮、徐訏都同在《文藝新潮》（一九五六年二月創刊）發表作品。《文藝新潮》在一九五六年至一九五九年間，肯定爲當時現代派的主要陣地；對外國現代主義詩作及運動的譯介，在英、美、法、德之外，尚能照顧拉丁美洲、希臘、日本等地重要聲音，其世界性的前衛視野，在當時兩岸三地的華文刊物，堪稱獨一無二。現代派的形式是自由詩，甚或有以文字排列來追求視覺效果的「具象」（concrete）傾向，例如崑南的〈布爾喬亞之歌〉：⑤

風，緊摟我；風，狂吻我
我撞向時間，我撞向空間
啊
希
望
是
大
大
大

大
啊
……
啊
生命
是
長
長
長
長
啊

現代派在整體感受上也不免受西方現代主義的影響，沾染灰暗、幻滅、敗北、虛無的氣息；崑南〈布爾喬亞之歌〉就以艾略特名作〈阿弗瑞德・普魯弗洛克的戀歌〉之名句為引言：「我已用咖啡匙量掉我的生命」。這種格調及其背後的「都市性」亦見於王無邪的長詩〈一九五七年春：香港〉：⑥

一草一木的眞實，已不能使我們

感覺到這世界；這種空洞與躊躇
隨時月而增長，我們看到的全部
是青灰的頑石疊成莊嚴的長方形
立體，世界從沒有如此充實的內容。
人類是其中的蟻群，對本身的渺小
儘管有怨言，但文明是高高的築起了，
日趨偉大，已開始統治我們的一生。
……
流落在無人注意的角落裡，晚上
在菸酒咖啡之間，我們纔有權利
閉目而又注視這狹小的土地，
也不復記懷眼前的生命，是慌張
而蜷縮，遠非我們所自命的氣概，
祇隨時面臨著淪落和死亡的恐怖，
承受著來日如末日，我們的道路
伸展到幻夢和傳統和宗教以外。

此外，現代派在感官刺激和肉慾題材方面向固有道德規範、正統詩歌品味的挑戰，也見於

海綿的作品，如〈女人：子宮、乳房〉：⑦

子宮下垂是懷孕的象徵
乳房下垂是衰老的表徵

唔。是以阿七姑開始了她之回憶——
嘩：當我年輕的時候有著珍羅素的胸部是如許豐滿地以及子宮之凸起是如許如許。那時我開始了我之傲性。對著那些淫色的眸子我是挑逗。和那些最時髦的華裝。和那些最名貴的花都香水。和那些最美最狂以及最熱的表演：唇與唇之吻。觸角性與危險性的撫摸等等。

啊，還有的——

嗟：那我便跳一個叉叉。探戈。熱浪。樂樂。曼波。加力騷等。
嗳：那我便低哼吻在心上。祇有你。舞伴淚影。什麼話。黃玫瑰。鐵血柔情。Rock等。

唉：那時我從不知道什麼叫——

乳房下垂是衰老的表徵

海綿此詩中香港獨特之中西混合的「都市性」，在意象和語言層面都相當明顯。在這方面，同一時期台灣的現代主義詩就較不顯著。紀弦同時在台港發表的代表作〈阿富羅底之死〉、〈存在主義〉和在《文藝新潮》上的十多首作品，[8]絕對是針對古典美學及傳統的急先鋒，但偶一出現的「都市性」都非常抽象，是知性的表達，而不是感性的呈現。

在紀弦的安排下，台灣「現代詩社」及《現代詩》雜誌同人先後以兩個專輯在《文藝新潮》亮相，隔海唱和。首次爲「台灣現代派新銳詩人作品輯」，[9]有林泠「秋泛之輯」五首、黃荷生「羊齒秩序」四首、薛柏谷「秋日薄暮」四首、羅行「季感詩」五首、羅馬（商禽）〈溺酒的天使〉外二題。接踵而來的是「台灣現代派詩人作品第二輯」，[10]有林亨泰〈二倍距離〉外二章、于而〈消息〉外一首、季紅〈樹〉外兩帖、秀陶〈雨中〉一輯三首、流沙〈碟形的海洋〉及其他。而方思則先後在《文藝新潮》發表詩作和里爾克中譯。紀弦和葉泥則先後參與譯介法國及日本的現代詩。[11]從以上的簡介來看，《文藝新潮》堪稱一九五〇年代港台兩地現代派文學的一大集結地，而對西方現代派及當代小說、戲劇、詩的譯介，在其短暫的燦爛中，甚至比台北後來出現的《現代文學》更爲多元和新穎。

現代派之外，瘂弦一九五九年九月在香港出版首部詩集《苦苓林的一夜》，[12]盡收五〇年代主要作品，雖然表面上不甚矚目，但以一九六〇年代香港詩壇小小的「瘂弦風」來看，可說是台灣詩人第一位在港較有影響的。[13]瘂弦的詩節奏鏗鏘、句法多姿、意象綿密、構思奇巧，又有偶作「童眞」的語氣，是一九六〇年代上半香港一些青年詩人模仿的對象。一九六五年間主編《中國學生周報・詩之頁》的西西，就對兩個新崛起的聲音（一九四七年出生的也斯和年齡應該相近的柏美），有此提點：「再擺脫不了瘂弦的影子就有危險；柏美同樣是。要知道，風格成爲藝術家之神物利器的同時，也是他自己的陰影。」[14]有趣的是，西西本人早年似乎也是瘂弦的追隨者，以各種筆名發表的詩作，也有一些類近瘂弦的意象和「童眞」口吻的描繪。當然，這也極可能是西西、瘂弦當年都喜歡綠原、王辛笛和卞之琳，繼承的源頭大致相同（西西筆名之一「藍馬店」，無疑來自王辛笛）。而西西對瘂弦的熟悉，在一九六五年發表的〈塞納縣〉一詩中向瘂弦的致意，可作旁證。[15]從日後的發展來看（尤其是一九七〇年代），西西和也斯都各有個人獨特聲音，但均以平淡、白描見稱，又和早年的「瘂弦風」大異其趣。

瘂弦之外，余光中是另一位曾經影響一九六〇年代香港詩壇的台灣詩人。一九六四年自台北政治大學外交系畢業的香港僑生溫健騮，在政大時曾旁聽余光中在西語系兼課的「英詩選讀」。[16]一九六〇年代上半溫健騮留台時，湊巧經歷當時現代派（主要爲洛夫等大部分創世紀詩社詩人）與明朗派（以余光中等藍星詩社詩人爲代表）之爭。前者是「激烈的反傳統」。後者以余光中爲首，強調融和、吸收舊詩精華。[17]一九六四年台灣的詩人節（即端午節），溫健騮獲中國詩聯會詩獎首名。余光中任評審之外，並爲頒獎人。溫健騮獲獎作〈星河無渡〉並由余光中朗誦。[18]此詩的語法、意象和情境，多見余光中一九六四年詩集《蓮的聯想》之痕跡。[19]

溫健騮返港後接編《中國學生周報・詩之頁》，在一九六七年一月六日介紹李賀〈北中寒〉之濃縮。文中對李賀的推崇、希望新詩能夠調和現代和古典，與余光中隔海呼應。[20]另一位曾留學台灣師範大學（余光中時在英文系專任）的香港僑生羊城，一九六七年五月五日在《中國學生周報・詩之頁》開始寫〈棖輝詩話〉，也回應溫健騮，強調要掌握中國文字的特性，注意傳統格律、聲韻、響度，自古詩吸收音樂性。而同一時期《中國學生周報・穗華》更以全版篇幅刊出溫健騮以杜甫爲題材的一五二行長詩〈長安行〉。[21]這樣一來，余光中多年來的理論與實踐，通過溫、羊二位，間接在港推廣流傳。當然，香港詩人也有少數一直都朝相同方向摸索的。例如戴天一九六七年的〈聽佛有感〉、同年的〈京都十首〉，[22]雖理同神合，但自闢蹊徑，別具一功。

不過，現代派的淒寂、孤絕、虛無、存在主義式的呼喊，在一九六〇年代的香港也從者甚眾。一來香港與台灣現代派向有聯繫；二來《文藝新潮》在五〇年代就大力譯介西方現代派及存在主義名家沙特、卡繆等。而一九六三年曇花一現的《好望角》雜誌，不但繼承這個傳統，且與洛夫等創世紀詩人交流頻密。一九六七年三月《盤古》月刊創刊後，胡菊人更多次長論介紹存在主義。一九六八年《中國學生周報・穗華》分兩次訪問與余光中大打筆戰的洛夫，當時主編〈穗華〉的吳平不無平衡余派觀點的想法。[23]一九六〇年代香港詩人帶點存在主義色彩的現代派本來就爲數不少；金炳興、蔡炎培、馬覺和羈魂都有過這類作品。但在羈魂的詩，又偶可聽到大陸「文化大革命」遙遠的迴響，例如一九六八年的〈紛落以後——致祖國〉：「他們用大字報蓋頂笑雨點不大／歡呼有鯤鵬溺翔於器氣之間」，[24]頗見香港地緣政治和「中國瞭望站」的特色。

在一九六〇年代這幾種詩風之外，也有少數非左翼詩人特別關心香港本地小市民的生活，企圖從中提升轉化。其中以反映香港普羅大眾現實生活的小說作者江詩呂，在這方面最見心思，例如一九六五年的〈苦力〉和〈賣故衣的人〉、一九六六的〈八塊半〉、一九六七年的〈新填地即興曲〉。江詩呂雖然關懷低下層現實，語言上卻極少以廣東話和香港俗語來凸顯加強（似乎忘記了崑南和王無邪的嘗試），〈苦力〉一詩則是例外。㉕

回顧五、六〇年代的香港新詩，政治立場上左右對峙，詩風上晦澀的現代與明朗的新古典抗衡，沿承上五四餘緒與台灣聲音各有市場，視野上凝視本地與遠眺外國並行不悖，充分體現當時在海峽兩岸間，香港超然的寫作空間特色。

一九九八年

註：

①林以亮編，《美國詩選》（香港：今日世界出版社，一九六一），一四八。

②調景嶺詩人中最突出的應是以小說《半下流社會》馳名一時的趙滋蕃（一九二四—一九八六）。一九五四年三月由香港亞洲出版社印行的《旋風交響曲》，據詩人自己的介紹，「是首八千行大型劇詩」。這個作品以湖南雷峰山武裝抗共事件爲題材，共分十四場，主要人物多達十六位，有配音、表演指示、上下場標示，甚至多種歌唱，形式上其實是詩劇，可以演出。這部作品在趙滋蕃離開香港前，曾印行三次，發行量在當年極爲罕見。

③徐訏，〈故居〉，《文藝新潮》，第二期（一九五六年四月十八日），十四。

④尹肇池編，《何達詩選》（香港：文學與美術社，一九七六），一五三—一五四。

⑤《文藝新潮》，第七期（一九五六年十一月），三六—三七。

⑥《文藝新潮》，第十三期（一九五七年十月），三二—三三。

⑦《文藝新潮》，第十五期（一九五九年五月），三〇。海綿是否爲另一位詩人化名並不清楚；對其整體創作情況也不熟悉。就目前

所見，創作量不多，甚難評價；故此處全首引錄，供讀者參考。

⑧ 首二詩分見《文藝新潮》，第十四期（一九五八年一月）；及《文藝新潮》，第九期（一九五七年二月）。

⑨ 《文藝新潮》，第九期（一九五七年二月）。

⑩ 《文藝新潮》，第十二期（一九五七年八月）。

⑪ 方旗在《文藝新潮》第十三期（一九五七年十月）發表〈江南河〉、〈四足獸〉、〈守護神〉、〈火〉、〈BOAT〉、〈火災〉、〈夜窗〉、〈蜥蜴〉、〈默戀〉等九首詩，是一九六六年友人代爲出版詩集《哀歌二三》之前，唯一大規模正式發表的一回，而且是在不能在台灣出售發行的香港刊物（當時台灣軍事戒嚴，對香港報章刊物管制極嚴，連港方反共報刊都不能隨便進口）。因此，不少台灣讀者和評論家在一九六〇年代後期都以「新人」來形容方旗。余光中在一九六八年〈玻璃迷宮——論方旗詩集《哀歌二三》〉一文，就視方旗爲「年輕的新人」，「剛一出手竟已如高手」，「或直接或間接影響過方旗的詩人，可能包括方思、鄭愁予、林泠、黃用、葉珊、敻虹、方莘」。就《文藝新潮》及台灣《現代詩》雜誌上的發表情況來比較，方旗應是和這群詩人同一時期的。余光中論文現收入《望鄉的牧神》（台北：純文學，一九六八年）。《哀歌二三》詩集可能因爲是友人代印（此點爲周夢蝶先生一九六八年所告，李南雄先生也有同樣說法），前無序，後無記，亦無出版社及出版年份，更無定價，出版後就由周夢蝶先生在明星咖啡屋前的小書攤代爲展示及分送詩友。稍後（一九七二年）出版的第二詩集《端午》也情形相仿。兩本詩集的出版年份均據當年的閱讀筆記推斷。

⑫ 除詩集外，瘂弦詩作不時在港刊出。《苦苓林的一夜》後，在港發表詩作尚有一九六〇年七月二十九日的〈海神〉、〈風神〉、〈亡兵〉、〈織〉、〈斷想〉，一九六一年一月六日的〈夜章〉、〈甜夜〉，一九六二年二月二十三日的〈盲者〉，一九六四年五月二十九日的〈鹽〉，一九六四年七月二十四日重發的〈傘〉、〈蕎麥田〉，均見《中國學生周報・詩之頁》。

⑬ 影響向來是難以論定的創作關係。單憑外緣實證固然不足，即或加上內在類同排比，很多時候仍不易確認。在西方比較文學界，這是個討論了數十年的老問題，此處不贅。本文提及的瘂弦的可能「影響」，以當年西西的觀察爲準。

⑭ 見一九六五年十月一日《中國學生周報・詩之頁》。

⑮ 見一九六五年二月五日《中國學生周報・詩之頁》。

⑯ 見溫健騮《苦綠集》（台北：允晨，一九八九），余光中序文。

⑰ 余光中的文章有〈幼稚的「現代病」〉、〈再見，虛無！〉、〈現代詩：讀者與作者〉、〈從古典詩到現代詩〉、〈迎中國的文藝復興〉、〈骨董店與委託行之間〉等，均見《掌上雨》（台北：文星，一九六三）。洛夫的文章有〈天狼星論〉、〈靈魂的蒼白症〉，收入《詩人之鏡》（高雄：大業，一九六九）。

⑱余光中爲《苦綠集》所作序文指爲台北耕莘文教院的「水晶詩獎」。一九六四年八月二十九日《中國學生周報・詩之頁》的消息（據溫健騮信件），則爲中國詩聯會首獎。〈星河無渡〉一詩見《苦綠集》及《溫健騮卷》（香港：三聯，一九八七）。

⑲余光中在《蓮的聯想》（台北：文星，一九六四）後記，對回歸中國古典詩詞傳統有以下簡略歸納：「有深厚『古典』背景的『現代』，和受過『現代』洗禮的『古典』一樣，往往加倍地繁富而且具有彈性。桑德堡可以說是『沒有古典背景的現代』，艾略特則反是。」此說可與一九六〇年代中葉溫健騮詩觀比對參考。

⑳余光中一九六四年長論〈從象牙塔到白玉樓〉，津津樂道李賀「貫通現代各種詩派特質的風格」，對其高足顯然頗有啓發。余文先刊《文星》雜誌第七十七期，收入《逍遙遊》（台北：文星，一九六五）。

㉑此詩現見《苦綠集》及《溫健騮卷》。

㉒〈京都十首〉原刊一九六七年《明報月刊》第三十一期，後收入詩集《岣嶁山論辯》（台北：遠景，一九八〇）。

㉓洛夫專訪由吳平委託筆者在台北進行，以〈詩人之鏡・詩人之境〉爲題，在《中國學生周報・穗華》一九六八年七月二十六日及八月二日兩次刊出。七月二十六日〈穗華〉並同時發表洛夫近作〈事件——西貢詩抄之二〉及〈魚〉。但八月二日〈穗華〉則將溫健騮〈長安行〉同台刊出（兩期〈穗華〉均爲擴版）。該年通過筆者邀約在《中國學生周報》發表新作的台灣詩人依次尚有敻虹、張默、蘇凌、周夢蝶、羅門、七等生、蓉子、林煥彰、洛夫（連訪問）、周鼎、余光中等，可能是《周報》創刊以來最密集的一年。

㉔見羈魂，一九七〇年由台北環宇出版社刊行的第一本詩集《藍色獸》。

㉕香港左派支持的《青年樂園》周刊（一九五六年四月創辦），就今日零星所見，不時有同情貧苦大眾、工人階級的詩作，但詩藝則遠遠不及江詩呂。及至大陸「文革」爆發，香港左派以「反英抗暴」響應，《青年樂園》及其特刊《新青年》在一九六七年十一月二十二日被港英政府勒令停刊。

＊文中提及的《中國學生周報》、《文藝新潮》，已由香港文學研究中心與香港中文大學圖書館合作，全部收入「香港文學資料庫」，網址 http://hklit.lib.cuhk.edu.hk，讀者可自行查閱。

談四十年來香港文學的生存狀況

——殖民主義、冷戰年代與邊緣空間

如果將香港的文學成長放在大英帝國在全世界殖民的漫長歷史來觀察，香港的情況相信是獨一無二的。香港雖然被英國統治了一個半世紀，但和非洲、印度、加勒比海等地不同，並沒有發展出一個英語的文學創作傳統。不單如此，在這麼長的殖民統治過程，港英當局一直對上層建築的文學及文化領域，採取相當被動，甚至是不聞不問的態度（或政策？）。除了早年的金文泰總督大力標榜中國舊文化，港英統治集團的冷淡和漠然，使到這個空間一直能由中文及中文創作繼續占領，在一種似乎較爲自由，但實際上「自生自滅」的狀況中薪火相傳（這種自由空間相對於海峽兩岸兩黨政權一九四九年後約三十多年的監控，明顯地是個特色；但相對而言，海峽兩岸對文學的「重視」又使到文學的實際生存條件得到不少物質上的支援，雖然文學付出的代價也極大）。

港英當局何以長期沒有主動和全力爭奪及霸占上層建築裡這個重要空間（既是私人的，又是公共的），在沒有大量港英內部或公開文件可供參考的限制下，祇能夠就外部條件作一些初步推測：（一）中國文學及文化傳統源遠流長，從未中斷瓦解，要和這個傳統抗衡極爲困難；

這與君臨沒有書面語及漫長的文學書寫傳統的地區完全不同（印度的情況另有一些英國進步學者的解釋）。（二）中國作爲一個政治實體的存在從未消失，而香港與原宗主國的各種關係（尤其是與廣東地區）至爲密切，母國在地理條件上尚能藉此多少有點影響。（三）不同於非洲、加勒比海，甚至印度，香港是割讓得來，而不是大英帝國「發明」、「建構」出來（從無到有）的政治實體，因此香港的中國人長期以來在國家認同、文化認同上，並沒有方向上的迷失，更談不上以民族主義的訴求追尋「獨立」。（四）中國人一向的心態是所謂「華夷有別」，也自有其種族歧視，甚至文化歧視的老傳統；在如此接近母國的這個環境裡，如果全力強制壓抑母語，對實際統治亦未必斷然有利。（五）不同於印度四分五裂而可以個別擊破、隨後全面殖民統治，中國是勉強維持統一的大國，甚難鯨呑。因此，英國的對華政策是通過所謂「自由貿易」搶掠經濟利益，故此香港及「租借」的新界祇是經貿踏腳石，似無需大力推行語文上的殖民，以爲「長治」及「擴拓」的基礎。（這也是新界地區較爲廣大的面積及祇是「租借」九十九年，而有一九九七年歸還主權之歷史因由；此點可參看黃宇和〈租借新界：爲何「租借」？爲何「新界」？爲何「九十九年爲期」？〉一文，香港《明報月刊》一九九四年一月號。）總的來說，港英當局似乎長期以來滿足於扮演「仁慈的獨裁者」（benign dictator）角色，大體上採取放任和袖手旁觀的態度。但由於五〇年代開始，行政體系日益擴展，港英開始積極鼓勵英語教學，並以公務人員體制的優厚待遇來吸引香港本地人學習英語，因此也就同時間接或直接打擊中文學校的成長（表面上以中文爲授課語言的學校在九〇年代已萎縮到僅剩一小堆過去「親台」的僑校和至今「親中」的幾家學校；但其實今天的大多數中學都面臨中、英語文程度普遍下降的致命傷，因此從前的中文學校和英文學校的分別已日益模糊）。一九七〇年港英政府面對中文合法化（可爲法定語文，與英文地位「同等」）的學生及市民廣泛支持的運動，作出表面讓步，稍後在一九七二年終於讓中文「合法化」。隨著七〇年代的香港從工業化逐步走向經濟多元化，八〇年代又從經濟多元化走上經濟轉型（國際化和製造業大舉北移珠江三角洲），香港經濟日益繁榮，加上麥理浩一九七一年就任總督以來（一九八二年卸任返英），在社會福利上（尤其是居住、醫療、教育，甚至勞動階層的保障），一改傳統殖民地政府的不干預及官商一體政策，積極介入，逐步改善香港居民基本民生。麥理浩的施政，配合香港的經濟起飛，奠下社會安定的基礎，同時也自此開啓港人對香港產生歸屬感。這種歸屬感和自覺意識的萌芽也許在當時並不明顯，但今日回顧，可說如果沒有麥理浩的「新殖民地」式執政，或許不會產生，而香港的轉型及成功肯定會很片面。當然，從辯證的角度來看，麥理浩的積極干預（包括廉政公署的成立來確保法治，甚至不惜追訴英國官員）和主動推展社會福利，未嘗不可視爲針對一九六六年天星小輪加價暴動、一九六七年左派的「反英抗暴」運動、一九六八年至一九六九年香港大學的學生運動、一九七〇年的中文「合法化」運動、一九七一年的維多利亞女皇公園保衛釣魚台示威運動等社會及民心的騷亂，作出有效、積極和及時的反應，以保衛英國在香港的利益及統治。

替麥理浩施政預行「鋪路」的還有美國在越南的戰爭。越戰令美國的「大社會」計畫破產，但卻爲日本、南韓、香港和菲律賓等地帶來不少「周邊」利益，其中香港也賺到補給、供應和出口的經濟利益。麥理浩在香港的波動期末端來港執政，但越戰的「周邊」利益使當時的香港經濟得到意外的支援，讓麥理浩執政初期的經濟更能穩住腳步。隨著七○年代香港的經濟起飛，教育日趨普遍、大專院校及學額開始增加（一九六九年香港中文大學作爲政府承認的第二所公立大學的沙田新址完成，正式集中辦公；一九七○年港英政府同意將原紅磡工專改爲香港理工學院），受教育人口的數量及質素開始上升；加上無線電視（一九六七年開播）七○年代開始隨著電視機的增加深入民間，加強資訊流通；七○年代初又正式廢止大清律例的殘餘；或許可以說，麥理浩的上台標誌著香港的邁入「現代」（此處指一定程度的合理化）時期。這樣的話，五○及六○年代勉可視爲「前現代」期。

如果越戰對香港經濟曾有實質影響，那麼韓戰對香港的影響更大。美國對中國大陸的禁運和封鎖，加上第七艦隊的庇護台灣，使到香港在偷運物質、突破封鎖、對台及對外工作上，成爲大陸的重要窗口。一九四八年雖有幹部南來，似乎是爲日後解決香港問題而布置，但韓戰爆發將香港的政治位置（即港英統治的延續）穩定下來。但先前提過的港英對上層建築裡文學藝術的態度，使到這個空間成爲冷戰年代裡國共兩大陣營及個別外國勢力在香港努力爭奪和意圖占領的。

文學的生存必須依附報紙副刊、雜誌和出版社。冷戰年代的意識形態鬥爭，使到報紙、雜誌和出版社又可粗分爲有外來經濟（政治）背景、同人性質較爲獨立及以牟利爲主要目標的商業行爲等三大類。在報紙副刊方面，一九五二年曾被港英政府控告刊登煽動性文字的《文匯報》、《大公報》和《新晚報》，一直都有綜合性副刊，並長期維持周刊式純文藝版面。在作家群方面，除了南來的左翼作家（如葉靈鳳、曹聚仁等在早年就特別活躍），還有不少大陸來稿。右派報紙主要是《香港時報》，在六〇年代劉以鬯主編〈淺水灣〉文藝副刊時爲全盛期；當時〈淺水灣〉的作者幾囊括香港倡議現代主義文藝的年輕人，並同時吸納不少台灣來稿。立場上親台但運作上爲商業機構的還有當年的大報《星島日報》和《華僑日報》；兩報均有綜合副刊，純文學版面則斷續出現；直至最近《星島日報》尙有每日見報的〈文藝氣象〉專業版面。而《星島晚報》的副刊在早年也不時有佳作出現。劉以鬯的意識流小說《酒徒》及張愛玲重寫〈金鎖記〉的《怨女》都曾在《星島晚報》連載。曾經同屬星系報業的《快報》在七〇年代時，副刊雖已版面固定、劃爲個人專欄式的全版「賣文認可區」，但仍能偶然容納西西海闊天空的隨筆、散文和長期連載的小說，後來又有也斯接棒（而西西及也斯在報章副刊上出現時，一九四九年後第一批南來作家已大體上本地化，如果沒有返台或赴美的話；因此七〇年代或可視爲香港文學最本地化的時期）。七〇年代創刊、由林山木獨力經營（任社長兼總編輯）的《信報》雖是財經新聞報，沒有文藝副刊，但有文化版面，是各報中一個特色。

在專業雜誌方面，五〇年代的同人刊物以《人人文學》和《文藝新潮》較具代表性，而後者在二十世紀西方文學譯介上，領先海峽兩岸，極見開拓性。六〇年代則有《好望角》和《華僑文藝》，兩份刊物都有台灣來稿，後者並曾發表紀弦、洛夫、鄭愁予等人作品。前者則以譯介評論見勝。跨越六、七〇年代的同人刊物有《盤古》月刊（七〇年代向左轉，以論述爲主）。七〇年代中葉又有以《盤古》左翼同人爲班底的《文學與美術》（一九七八年以《文美》名稱結束）。同人詩刊方面七〇年代有《詩風》和《羅盤》，而前者持續最久。七〇年代的綜合性同人刊物附帶文學版面的有《大拇指》周刊及香港托洛斯基派的喉舌《七〇年代》（名稱及創刊時間與當時左派支持、李怡主編的《七十年代》很接近)。八〇年代的同人刊物主要是《八方》(七九年創刊)及《素葉文學》,後者本地色彩鮮明,前者則在當時企圖發揮香港的特殊自由,同時發表海峽兩岸三地及海外華人的文學創作。

在五、六〇年代,國共兩方均有文藝刊物,右派是《文壇》,左派是《文藝世紀》。但對左派眞正有威脅的其實是美國幕後出資的友聯出版社轄下的幾個綜合性雜誌。《中國學生周報》曾經培養不少本地小說家、散文家及詩人,電影版和譯林曾經介紹過大量外國前衛作品,在一九七三年停刊前在香港文壇舉足輕重,影響至爲深遠。友聯另一份刊物《大學生活》半月刊(余英時、孫述宇、胡菊人等都曾參與),在文藝評論上似乎貢獻較多,但影響遠不及《中國學生周報》。在兒童刊物方面,友聯的《兒童樂園》(也發表兒童文學)曾經暢銷一時。左派與這些刊物對著幹的主要是《青年樂園》和《小朋友》,但銷路差很遠;文藝刊物則在六〇年代出版《海光文藝》、《文藝伴侶》,意圖較有彈性地抗衡,但都很快停刊;維持較久的祇有作風保守的《海洋文藝》,但從未打開局面。八〇年代則有外圍的《香港文學》月刊的創辦。

在商業機構的產品裡,星系報業七〇年代的《文林》(林以亮主編)印製極爲精美,後不堪賠累而停刊。稍後則有八〇年代的城市文化刊物《號外》(七〇年代後期開始時有「地下」文化雜誌味道,但不久變質),也曾培養過一些年輕作家(如陳輝揚、黃碧雲等)及幾位市場取向、「中間品味」的作者。而在南洋一帶排華之前,徐速主編的《當代文藝》是獨資經營而又能在商業市場立足的普及性文藝刊物,後因喪失南洋市場而停刊。

從《號外》的不斷變化,但又繼續產生過一些作者的情況來看,香港文學的生存其實還有一個特色，就是長期在一些基本上與文學無關的雜誌上依賴掛單；甚至在一些十分主流的刊物上偶然露面，例如鍾玲玲等的作品在一般視爲「八卦」雜誌的《明報周刊》出現。而女性雜誌從七〇年代的《象牙塔外》到八〇年代的《妍》，都曾發表過一些中堅作家的創作，又是一例。《明報月刊》在七〇年代曾發表當時自大陸來港的陳若曦的短篇小說、逃港紅衛兵的創作、香港旅居海外作家的一些作品，雖有配合刊物政治評析爲主的傾向，但這些作品的文學成色絕無可疑。同樣，《七十年代》在八〇年代也發表過來港定居的施叔青的香港背景小說。

在文學書籍的出版上，也有這種依賴純商業出版社，偶然出現認眞作品的情況。例如八〇年代的博益、明窗、突破等出版社，都有過令人意外的文學書。而自左翼外圍的上海書局改頭換面而成的天地圖書公司，亦舒系列一百五十多種之餘，也有鍾曉陽、鍾玲玲和顏純鈎等的專集。其實這種意外掛單的情形在五〇及六〇年代也出現過。專門量銷「浪漫」小說的環球出版社在五、六〇年代雖然以鄭慧和依達等爲重點，但也曾「誤出」西西以電影手法寫成的中篇《東城故事》。不過，五、六〇年代仍是外來政治經濟背景的出版社比較活躍和認眞。美國出資的今日世界出版社曾經刊行張愛玲的《秧歌》和《赤地之戀》。在趙滋蕃被迫離港之前，美方支持的亞洲出版社刊行過不少反共作品，偶然也有至今仍有研究價值的，例如趙滋蕃自己的《半下流社會》。自由出版社的書幾乎都是流亡、懷鄉的反共小說。友聯出版社相形之下，似在文學上較爲單薄，但早年也曾刊行孫述宇等的小說創作。左派在出版社方面自然也有對應性行動，但似乎不夠密集；也可能是筆陣不足、書籍不夠（據說早年調景嶺賣文爲生的就有五百多人）。當時左派的文學作品，較爲引起注意的似都是多人合集的散文和詩。倒是以老派現實主義為藍本的阮朗，後來用筆名唐人發表的《金陵春夢》（蔣介石通俗演義小說），在香港和海外都很暢銷。

從地理上看，香港相對於大陸和台灣，應都是邊陲的。但在冷戰年代，兩大霸權在全世界的抗爭、國共兩黨隔著台灣海峽的對峙，使到邊陲的香港成為「文鬥」（意識形態的戰爭）的交鋒地點，而香港的特殊自由，令到連「第三勢力」及「托派」等本來就很邊緣性的聲音，都能在香港這邊陲空間的邊緣發言。而美國的直接介入，更使這場「文鬥」國際化起來。從文化及文學的觀點來看，相對於北京及台北都以「正統」自居，香港文學大概衹是劉紹銘教授所自嘲的「化外之民」的活動，是「中央」一時無法管治的地方小支流。如果大陸有些作家及評論家對台灣文學四十多年來的重要成績，都動輒以「中原心態」視為「無甚足觀」，那麼香港在這些人眼中的邊緣性，自不在話下（但如果從大眾文化及通俗小說在大陸風行的現象來看，或許可以說，香港其實是以邊陲在反攻和占領核心）。在香港本地，文學本來就不是港英政府關心的對象；而面對近年來商品化的通俗小說大潮，比較認眞的香港文學越來越邊緣化，似是無可避免的發展。但另一方面，個別嚴肅的文學工作者，有時透過報刊上頻密出現的專欄，使到他們的見解，對從來不閱讀他們文學創作的讀者，都並不陌生；這未嘗不可形容為在香港本地範圍裡，邊緣對核心的另一種喊話。而在香港即將回歸中國（在英國殖民地歷史上，這將是首次主權歸還，而不是獨立建國的撤退方式），即將正式在文化及文學上歸入核心的管治範圍，港英當局卻弔詭地在夕陽期對文學表示關心，在一九九四年要成立的藝術發展局納入文學創作。這個新政策對香港文學的邊緣聲音會有什麼影響，則還有待時間來說明了。

附記：

本文在構思階段曾與小思女士、古兆申先生及黃繼持先生等《八方》友人討論，獲益良多，特此致謝。一切舛誤，當然由作者負責。

一九九四年

張愛玲雜碎

六

黑名單・賴雅・張愛玲

一、麥卡錫與黑名單

喬治・克隆尼（George Clooney）二〇〇五年編、導、演的《晚安，祝你好運》（*Goodnight, and Good Luck*）一片，以一九五〇年代美國麥卡錫主義（McCarthyism）的橫行爲背景，焦點是美國哥倫比亞廣播公司（CBS）的知名電台主持、電視導播愛德華・默羅（Edward R. Murrow，一九〇八—一九六五），如何於一九五四年，以公正客觀的採訪，在電視新聞節目《現場目擊》（*See It Now*），揭發麥卡錫主義始作俑者威斯康辛參議員約瑟夫・麥卡錫（Joseph McCarthy，一九〇八—一九五七）的誣陷、羅織、罔顧程序及踐踏憲法。雖然這些行爲的違法亂紀早已令到白宮、軍方高層頗爲不滿，一九五三年軍方並反過來調查麥卡錫，但默羅的新聞節目在一九五四年的大膽對抗，不意大幅扭轉全國民意及輿情，進一步令麥卡錫信用破產，終致倉皇下台。

但麥卡錫作爲年資不深、知名度不高的參議員，能夠挾持國會，利用國會聽證方式來調查人民的思想、干預言論自由，固然與其民粹、煽情的極右言辭有關，但最關鍵的還是一九四五年二戰後開始的美蘇冷戰（cold war）對峙。

美國國會在一九四五年成立的「國會非美活動委員會」，英文是House Commitee on Un-American Activities，簡稱HUAC。「非美」，即「不愛美國」，可能「出賣美國」的意思。HUAC是國會首個常設的專門調查「顛覆」（subversive）活動的委員會。（一九三八年至一九四四年的前身尚未立法常設，也只以主席Martin Dies議員的姓名稱之爲「Dies Commitee」。）自一九四五年至一九五七年，一共舉行了二百三十場聽證，三千多人被傳召問話。自一九五〇年到一九五四年的五年，是麥卡錫最霸道的時候，非但指控影視界、新聞界、文化界早被滲透，連國務院、國防部、民主黨都被說成「共黨特務」的庇護所，而全美更有六百多個「顛覆性」團體。被傳召問話的，有主動示好的，有爲求自保的；原則極強堅拒合作的（保持沉默）有一百多人，最有名的自是「好萊塢十君子」（Hollywood Ten），都被控「藐視國會」，移交法庭判罪，入獄半年至一年不等。但沒有判罪入獄的，往往只因傳召問話而上了「黑名單」，被雇主解職或長期找不到工作。這種情況在好萊塢最爲嚴重，人數起碼逾三百（另有一大批是片廠心存顧忌的「灰名單」）。而在麥卡錫垮台後，「黑名單」依舊維持了一段時間。例如兩獲奧斯卡最佳編劇金像獎（一九四二及一九七〇）的凌・拉特納（Ring Lardner, Jr.），就要到一九六五年的《*The Cincinnati Kid*》才脫離「黑名單」，可以掛名編劇。

二、賴雅與布萊希特

在這方面，張愛玲的第二任丈夫費迪南・賴雅（Ferdinand Reyher，一八九一—一九六七）還算幸運。一九五九年上映的科幻片《世界末日》（*The World, the Flesh and the Devil*），又名《*The End of the World*》，據其早年賣出的故事拍攝，尚能掛名。賴雅早在一九三一年就得名導演約翰・休斯頓（John Huston，一九〇六—一九八七）引介，到好萊塢編劇。賴雅在三〇年代中後期成為馬克思主義信徒；一九四三年上片的首部聲援蘇聯反法西斯戰爭的好萊塢電影《史達林格勒的男孩》（*The Boy from Stalingrad*）即出自其手筆。

賴雅當年每周起碼五百美元的高薪，使他能夠在一九四一年資助布萊希特全家避難美國。布萊希特（Bertolt Brecht，一八九八—一九五六）為二十世紀戲劇大師，逃離納粹德國時暫居莫斯科，因此曾觀摩梅蘭芳訪蘇的演出，頗受影響，其戲劇「疏離效果」理論自此更為完備。布萊希特旅居美國加州時，賴雅是少數時相往還的朋友，與布萊希特一家都很熟悉。這與賴雅是德國移民後代、母語本為德文，語言上特別親切不無關係。但兩人政治取態一致，應更為重要。布萊希特定居南加州後，曾與賴雅合撰兩個電影故事。賴雅則英譯布萊希特代表作之一《伽利略傳》，並協助布萊希特好幾部戲劇的修改和演出。

一九四七年布萊希特被HUAC傳召。為避開這場「審訊」，布萊希特離美返歐；是不到十年間，為走避政治極端狂熱派的第二次流徙。一九四七年年底抵達瑞士蘇黎世後，在十二月二日以法律文件授權賴雅爲《伽利略傳》及《高加索灰闌記》等戲劇的全權代理，可見二人交情深厚。

二、FBI監視布萊希特與賴雅

HUAC的隨意傳召問話，等於國會極少數成員私設法庭，既扭曲國會聽取民意的初衷，復傷害司法行政權的運作；及至使用電視直播，更是形同公審。但與聯邦調查局（Federal Bureau of Investigation，簡稱FBI）相比，尚算「有跡可尋」。胡佛（J. Edgar Hoover）長期掌控的FBI，等於美國境內情治單位，勢力龐大，先後五任總統都頗爲忌憚，未敢免職，而其調查範圍肯定比HUAC更爲廣闊，且尚有監控跟蹤。

筆者約在二十年前據「資訊自由法」（Freedom of Information Act）向美國司法部申請取閱FBI的賴雅檔案，終在多次努力後，於一九九二年取得三十六頁（另有八頁仍然保密）FBI的「特工」（special agent）報告。

這批材料共分兩個部分。第一部分是布萊希特避居洛杉磯後，與賴雅接觸的紀錄。個別特工跟蹤報告，讀來宛如間諜片裡的「車盯車」過程。例如一九四五年十月二十四日列爲「國家安全案」（Internal Security）的報告，報導九月二十五日，兩位監視布萊希特住宅的特工，發現車牌「4T9909」的一九四一年份福特敞篷雙門車開抵布萊希特住宅，會合後一同開去「侯爵影院」，觀看德語彩色電影《夢中情人》（*Lady of My Dreams*）；兩位特工還注意到原籍德國的著名演員彼德・羅瑞（Peter Lorre）也在場。一日後特工確認該輛福特是賴雅租用。

相當意外的是，特工的報告顯示布萊希特及賴雅這個小圈子裡，也有ＦＢＩ的線人（informant）。這位線人指稱在一九四五年九月十六日到十月十五日的一個月間，賴雅曾八、九次到布萊希特住處，似與一部電影劇本有關，著名演員查理斯・勞頓（Charles Laughton）表示有興趣演出。

布萊希特與賴雅的交往，另有一大部分是書信、稿件和文件。這些郵遞往還曾否被拆閱，就不得而知。根據張愛玲一九七一年給詹姆士・萊恩教授（Dr. James Lyon）的一封信，她和賴雅離開美國時，放在倉庫裡的書籍材料交 Ernest Halberstadt 處理。一九七〇年哈佛大學自後者購得這批材料，藏於 Houghton 圖書館。

四、ＦＢＩ調查賴雅和張愛玲

ＦＢＩ檔案的第二部分由波士頓調查站負責，主要是賴雅的財務情況，時間是一九五八年八月至一九五九年三月，以一般備忘錄（memorandum）公文格式報告，無「機密」或「極機密」（strictly confidential）等標註。由於當時張愛玲已和賴雅結婚，故其財政狀況也一併包括。

這份檔案曾動員紐約、費城、波士頓、康葛特等多個城市的特工，與賴雅有往來的老牌出版社如 Lippincott、Charles Scribner's Sons、Little, Brown & Co. 等都被涉及，另又遍查多地的房地產紀錄。結果發現賴雅極爲拮据，毫無財產（asset）可言，甚至連汽車也沒有；而長達三年多都靠預支版稅度日，總數也不超過五千美元。

一九五八年十月一日，FBI特工在賴雅與張愛玲的公寓（新罕布夏州，佩得伯勒，松樹街二十五號〔25 Pine Street, Peterborough, New Hampshire〕）約談賴雅，大體證實FBI自他處調查所得。賴雅又表示除個人雜物、幾張畫、文稿外，可說身無長物，連銀行戶頭都沒有；並強調與張愛玲的生活極爲省儉，房租每月也不過是六十一美元。但賴雅承認張愛玲另有一個私人銀行儲蓄戶頭，但非聯名戶頭。

特工除親訪賴雅外，也在附近打聽；同一天訪問了兩人。其中一人（房東？）表示賴雅夫婦皆爲作家，大部分時間都在三樓的公寓內寫作，日子過得很節約，似並無任何財產。

五、布萊希特與張愛玲

一九七一年一月，筆者的老同事詹姆士・萊恩教授（時任教哈佛大學）爲其布萊希特及賴雅研究，到加州大學柏克萊校區訪問張愛玲，其後並有書信往來。一九七一年三月十日張愛玲的一封回信裡，表示婚後賴雅曾帶她去觀賞兩次《三便士歌劇》（*Three Penny Opera*）的演出，一次在華府，另一回在三藩市。張愛玲還記得其中一趟的演出相當好，可以想像德語原著的神采，還表示日後希望可以觀看原文的演出；張愛玲尚記得和賴雅之間的玩笑話，說是要在東柏林觀看演出，而這在美蘇冷戰的年代，自是完全不可能，尋且是罪名一宗。

就現有各種材料（包括訪問、未發表書信等）來看，賴雅在一九五〇年代對蘇聯及共產主義已極爲幻滅，但一直維持其左翼的「理想主義」心態，對共產黨、共產主義都不願譴責。因此對西方大眾傳媒對蘇聯及中國的種種報導，一方面心存疑惑，另一方面則是不忍面對，只好採取拒讀拒聞的方法。一九七一年二月二日萊恩教授口頭訪問張愛玲時，她就提及一九六六年中國爆發「文化大革命」時，《新聞周刊》（*Newsweek*）上有專題報導，她拿給賴雅看，但賴雅認定美國雜誌的報導不會正面，便拒絕不看。萊恩教授與筆者分析這個小插曲時，認爲賴雅這種心態與布萊希特相似。當年布萊希特每聽到蘇聯的「血腥史」、「陰暗面」，都極爲痛苦難過，最後祇好盡量避免這類資訊。

一九六七年十月，七十六歲的賴雅在麻省劍橋去世。

二〇〇六年

張愛玲的故事還沒完
——與蘇偉貞對談〈鬱金香〉

張愛玲喜歡小報，〈鬱金香〉無意中出土

蘇偉貞（以下簡稱蘇）：張愛玲早年爲《傾城之戀》話劇寫宣傳稿，預擬了個題目——傾心吐膽話傾城。她嫌俗，後來沒用。張愛玲舊作〈鬱金香〉出土，我腦海立刻浮出「傾心吐膽鬱金香」幾個字，不妨就借這題目「還魂」。

〈鬱金香〉出土的關鍵人物李楠，因做上海小報研究，才無意在《小日報》上撞見。此一事實，對張迷無異是當頭棒喝了——別忘了小報！毫無疑問，張愛玲是喜歡小報的，這簡單的答案，早在一九四五年她參加《雜誌》辦的「納涼茶會」就說過了。這裡不妨摘錄一段張愛玲的話：

我一直就是小報的忠實讀者，它有非常濃厚的生活情趣，可以代表我們這裡的都市文

明。……我也在小報上寫過文章，大約因爲體裁不相宜的緣故，不知爲什麼登出來看看很不順眼……。

張愛玲劇本《小兒女》、《一曲難忘》、《南北喜相逢》等，都在你手上出土，以你的經驗，我們該如何將〈鬱金香〉與張愛玲聯結？

〈鬱金香〉比重失衡，可視為《半生緣》預告

鄭樹森（以下簡稱鄭）：從敘述分析，〈鬱金香〉的推展，到小說結束的六段之前，甚重細節，寶餘和金香雙雙倒在屋裡鋪板上那一大段，寶初碰見金香赤腳釘被一場，都是張愛玲專擅的工筆細描。單憑這些細節、這些場面，加上舊時上海、里弄人家、尋常生活，小說出土後其實也不用找「專家」驗證，不是「祖師奶奶」，還有那一位呢？

〈鬱金香〉最後六段突然急管繁弦，匆忙交代很多年後的寶初、金香的際遇。和小說前面的節奏、推展、鋪陳，最後六段不免有「趕緊收場」的感覺；敘述上前後的比重明顯有點失衡。這和一九四七年《小日報》只連載半個月（五月十六日至三十一日）是否有關？也許上海「小報」專家可就小報生態爲讀者解惑。

不過，儘管篇幅不長，〈鬱金香〉在敘述上勉強照顧半生情緣，後半生的「餘情」雖才六節，但構思已預告後來的《半生緣》。當然，寶初不是世鈞，金香更不是曼楨，但終局在本質

上無甚差異。不同之處除了階級這個重大因素，自然因爲寶初不像世鈞，「不夠堅決的緣故」。

張愛玲與胡蘭成，分手情傷中所作

蘇：我有個感覺，關於刊登的時機，爲什麼是一九四七年五月？這適足反映了張愛玲當時的處境。之前一九四五年八月，抗戰勝利，張的前夫胡蘭成因漢奸被通緝出逃，張愛玲遂沉潛下來，展開《不了情》及《太太萬歲》編劇生涯。

胡蘭成出逃投靠浙江諸暨小城斯家，與斯家姨奶奶范秀美共赴溫州避鋒頭，結爲夫婦之好。第二年張愛玲由斯君夫婦陪著到溫州探眷，但胡范才是自家人，張是一切看在眼裡。一九四七年初，胡蘭成潛回上海，由斯君送到張愛玲家，張未留飯，胡斥張不會招待親友，根本之前斯君總在張愛玲面前編排胡蘭成的不堪，張愛玲反駁：「爲你之故，我待他已經夠了，過此我是再也不能了。」胡蘭成接著又把與范秀美的事據實相告，張愛玲聽後，已經答不出話來。翌日道別，張愛玲淚流滿面叫了聲：「蘭成！」這是人生的金石聲，亦是永別了。

種種，促發了一九四七年六月十日，張愛玲去信與胡決裂，而〈鬱金香〉連載同時，張愛玲正深陷寫分手信的情傷中。檯面上一九四七年四至六月，張僅發表了〈華麗緣〉與〈多少恨〉。

考據〈華麗緣〉內容，明顯出自張愛玲一路過紹興探望胡蘭成途中看戲的經驗；〈多少恨〉

則脫胎於《不了情》。〈華麗緣〉、〈多少恨〉都有所本，〈鬱金香〉故事出自何處呢？

張愛玲自言「愛好眞實到了迷信的程度」，她筆下故事有些來自胡蘭成，如〈愛〉，是胡蘭成庶母的故事。她一直要寫的《描金鳳》，雖是蘇州彈詞戲目，篇名上卻與〈鬱金香〉有著相類的對仗，「金鳳」的角色原型亦藏在胡蘭成的文字中：

紹興城裡的小家小户也好，便是從那樣的人家出來的龍鳳鎖裡的金鳳故娘。

但現在看起來，〈鬱金香〉是緊緊與〈華麗緣〉、〈多少恨〉互爲聯結的。如果進一步參照這段時間張的作品，應不難捉摸出〈鬱金香〉的文本背景。

〈鬱金香〉用了三部文學作品做比喻

鄭：說到文本，〈鬱金香〉充滿了互涉。〈鬱金香〉裡用了三個文學作品來做比喻：「如同《兒女英雄傳》、彷彿《聊齋》、彷彿《雷雨》」。一則作品以這種方式提及其他作品，是文本與文本發生關係，互爲指涉之間往往另生意義。《聊齋》的「鬼氣」與張派的種種，已有論者剖析。而《兒女英雄傳》的典故後來在《小艾》又再出現。倒是曹禺的著名劇作《雷雨》在這篇小說的冒現，饒有趣味。

〈鬱金香〉裡的阮太太被比喻爲「無戲可演的繁漪，彷彿《雷雨》裡的雨始終沒有下來」。《雷雨》裡的周太太繁漪是新舊交替、大家庭裡的產物，既是受害者，也是迫害別人的力量。上海都會裡的阮太太自然沒有那麼複雜，也只是中產階級，但和繁漪一樣，在家中有權，還可支配丈夫之外的各個成員。而兩人都內心苦悶，只是程度迥異。《雷雨》裡周家的兩位少爺和婢女四鳳都有轇轕，最後周太太繁漪不得不出手；早在二舅老爺寶餘和金香抱作一團跌倒床上之前，阮太太就已叫老僕榮媽替金香「找人家」。

小說中的原型人物呼之欲出

蘇：這一提示，果然答案呼之欲出。如果〈華麗緣〉來自探望胡蘭成的結果，那麼同時期脫稿的〈鬱金香〉中的姨奶奶、外老太太、阮家婢女金香，兩位庶出舅爺陳寶初、陳寶餘……這些原型人物會不會就是范秀美、范母及斯家？范秀美年紀輕輕在斯家由婢女扶正做了姨太太，守寡及家道中落後，還去養蠶場工作謀生養女兒；至於跟胡蘭成的情感，大太太是清楚及默許的。

以張愛玲受到胡、范、斯家共生關係的傷害，「過此我是再也不能了」，〈鬱金香〉當然是要斬斷的過去。亦就是，爲什麼張絕決不提這篇小說，恐怕是潛意識裡都要徹底抹掉的。

貫穿這人物類型的是張愛玲的同情

鄭：不僅於此，〈鬱金香〉以女主角的名字金香作題目，與較早的短篇〈桂花蒸，阿小悲秋〉異曲同工；稍後還有中篇《小艾》。長篇《秧歌》裡的月香原來也是女僕。貫穿這個人物類型的是張愛玲的同情，一種洞悉世情、無可奈何的同情。但對金香，除了「鬱」，還通過小說中的寶初、寶餘兄弟，描繪為「淒迷」、「魅麗」。在小說開頭、金香出場的四段裡的第四段，乾脆來個「伏筆」（foreshadowing），就說金香的胭脂是「紅顏」；沒成「禍水」（因為寶初「不夠堅決」）的金香，嫁後命「挺苦的」、「賭氣出來做事」、「還有兩個孩子要她養活」。

張愛玲的故事完不了

蘇：〈鬱金香〉既出，最後我想說，張愛玲早在〈天才夢〉中寓言「人生是一襲華美的袍，爬滿了蚤子」，日後她在美為躲蚤居無定所，甚至傳出是心理病，以此觀〈鬱金香〉字裡行間的跳蚤意象，若解讀是范秀美與日後極欲劃清界線的胡蘭成及深層的恐蚤症雙重象徵咬嚙著她，不僅斷無可能再提起這篇作品，也讓人好同情她那段時間的心境。

〈鬱金香〉出土，給了張迷合理懷疑張愛玲從一九四七年六月〈多少恨〉到一九五〇年三月《十八春》，中間近三年沒有作品發表的寫作空白期線索。會不會像〈鬱金香〉，那些沒被發現的作品也隱藏在小報裡？甚至以我們不知道的筆名發表？這會兒，屬於張愛玲的故事果然還沒完，《金鎖記》裡說得好：

三十年前的月亮早已沉了下去，三十年前的人也死了。然而三十年前的故事還沒完——完不了。

二〇〇六年

改編張愛玲

二〇〇〇年秋天香港嶺南大學舉辦張愛玲國際研討會。本來請了關錦鵬和許鞍華兩位導演來談改編張愛玲的經驗，但是他們都因事沒來。第三位改編過張愛玲小說的導演是但漢章，然而他已經去世相當久了。以下是當日就個人所知的補充說明。

首先是《傾城之戀》的拍攝過程。這是邵氏公司在一九八四年結束片廠製作前最後拍攝的電影。當時幫忙製片的是一位留法回來的朋友，因爲香港中國電影研究學會的工作而認識。許鞍華導演把改編的工作託給香港的女作家蓬草，這樣我們在八三年就整天看著蓬草拿著張愛玲的小說集跑來跑去。蔣芸女士每次看到都非常緊張，問小說會改編成什麼樣子呢？其實當時的關鍵問題都不在小說會改編成什麼樣子，而是電影開拍了才發現一直也沒聯絡到張愛玲。通過好些途徑，就是沒有回音。那時很昂貴的布景都在那裡了，淺水灣酒店都在清水灣片場搭起來了。當時淺水灣酒店剛剛拆，許導演就把酒店陽台那部分搬到清水灣邵氏片場裡重搭。電影都要開拍了，但是版權的問題還未解決，後來就到處去問，最後也不曉得留法的那位朋友怎樣靈機一觸跑來問我，大概想我是做文學的，多多少少也懂一點點吧。他問我怎麼可以聯絡到張愛玲，我說這是有辦法的。然而我知道我沒有這個本事去解決祖師奶奶的事情，所以我立即跑去找宋淇先生，就是林以亮先生。我把事情對他說了，宋先生就說讓他來解決這個事情。爲什麼呢？大家都很清楚，五〇年代張愛玲來到香港之後，替《今日世界》做翻譯，爲電懋電影公司（後來的國泰）做編劇工作，全都是宋淇先生安排的；另外，宋淇先生除了擔任過電懋公司的製片主任、編劇主任之外，也擔任過邵氏公司的製片主任，他跟邵先生是上海幫嘛，非常熟，所以宋先生二話不說，就說由他來負責這件事。後來發現張愛玲本就寫了封信授權宋先生全權代理這類事情。因爲宋先生跟邵先生的老關係，所以還拿到一筆豐厚的版權費，這對於張愛玲在八〇年代後期的生活不無小補。實際數字宋先生提過一次，但是現在不肯定能準確說出來，所以這兒就不提了。

《傾城之戀》拍完以後，我想事情也就結束，沒事了。我當時在聖地牙哥加州大學，忽然收到信，跟著是越洋電話，說電影要送到洛杉磯來演，要請張愛玲去看，還說可以留票在洛城一家叫金什麼的電影院；我想這是一個完全不可能的任務，根本講都不敢去講。後來有電話來說很想知道張愛玲對改編了的電影的看法，我也就祇好硬著頭皮寫信去告訴她電影在那裡放啦等等，但根本不提留票的事情，因爲知道她根本不會去做這樣的事情。電影到了洛杉磯，也相信她收到了信，但是她有沒有去看呢，我到今天還弄不清楚，也沒再問這件事情，因爲這種事情是不能問的。記得蓬草女士也想瞭解張愛玲對改編的過程有沒有其他的意見。其實從頭到尾她都沒有任何意見，她祇是提了一點，是她告訴宋淇先生，而宋先生再告訴我的；她祇說篇名不能改。這是當然的了，因爲《傾城之戀》這部片子賣的就是張愛玲小說的題目，這個倒覺得不是什麼意見。我知道她根本不會在乎究竟電影會怎樣改編，因爲她自己也編過很多電影劇本，非常清楚電影從編劇到拍完到放映這個過程的複雜，所以不會在乎別人怎樣去改編她的小說。蓬草女士問張愛玲有沒有什麼要提醒她應特別注意的，張愛玲也是不會講的，所以根本沒有去提這個事情。

這個路子一開，到關錦鵬拍《紅玫瑰和白玫瑰》和但漢章拍《怨女》的時候，事情就簡單得多了，因爲隨著宋淇先生這條路就可以解決張愛玲作品版權的問題。但漢章買了《怨女》的版權，並得到台灣中央電影製片公司的投資之後，發現了一個問題，說是：《金鎖記》其實比《怨女》好，買錯東西了。這下子怎麼辦呢，衹好在改編上盡量往《金鎖記》那邊挪。所以我們今天看的《怨女》，其實但漢章有些進退兩難的局面，他不能整部的往那邊改，惟有盡量把一些意象搬過來，但是到拍完之後，他又發現在色彩方面有很多不如意的地方。所以他一直很想在美國再沖印一遍，雖然他做了大部分的籌備工作，但是事情因爲他的逝世就一直沒有完成，非常可惜。

二〇〇〇年

附記：

一九八四年八月三日（星期五）香港《明報》刊出《傾城之戀》上片特輯，以「傾城之戀公映前夕張愛玲萬里來鴻致意」爲題，刊出張愛玲短信，題作「回顧〈傾城之戀〉」，現附錄供張迷參考。

回顧〈傾城之戀〉

珍珠港那年的夏天，香港還是遠東的里維拉，尤其因爲法國的里維拉正在二次大戰中。港大放暑假，我常到淺水灣飯店去看我母親，她在上海跟幾個牌友結伴同來香港小住，此後分頭去新加坡、河內，有兩個留在香港，就此同居了。香港陷落後，我每隔十天半月遠道步行去看他們，打聽有沒有船到上海。他們倆本人予我的印象並不深。寫〈傾城之戀〉的動機——至少大致是他們的故事——我想是因爲他們是熟人之間受港戰影響最大的。有些得意的句子，如火線上的淺水灣飯店大廳像地毯掛著撲打灰塵，「拍拍打打，」至今也還記得寫到這裡的快感與滿足，雖然有許多情節已經早忘了。這些年了，還有人喜愛這篇小說，我實在感激。

夏公與「張學」

前言：香港嶺南大學在二〇〇〇年十月主辦張愛玲研討會，邀得人稱夏公的夏志清抱病自美來港，非常難得。大會負責人劉紹銘教授囑作開幕引言，介紹夏教授在張愛玲研究上的開拓和影響。這篇短文據口頭發言整理。

夏公（夏志清）的英文版《中國現代小說史》，首次把張愛玲與魯迅、沈從文相提並論，使她的小說得以進入文學的殿堂。但是，此書主要對英語學術界影響較大，對中文學術界最重要和深遠的影響，始終還是夏公在一九五〇年代以中文發表的〈張愛玲的短篇小說〉一文。此文由台灣大學外文系夏濟安教授幕後中譯，刊登在台灣當時最重要的文學刊物《文學雜誌》（夏濟安教授主編）一九五七年六月號。

這篇文章的重要性主要有兩點：第一是對張愛玲的評鑑定位；第二是分析方法；這兩方面都左右了「張學」以後的發展。

夏公對張愛玲的小說評價很高，文章一開始就指出「張愛玲該是今日中國最優秀最重要的作家」。在四十多年前海峽兩岸三地的環境，夏公能夠作出這樣的評價很不容易、非常大膽，當時引起很大的震撼。夏公又認爲《金鎖記》「是中國從古以來最偉大的中篇小說」。夏公對張愛玲的評鑑可說是前無古人。傅雷在一九四四年以筆名發表的〈論張愛玲的小說〉（《萬象》第三年第十一期）也沒有把張愛玲抬到這個地位。夏公論及張愛玲短篇小說的成就，認爲「堪與英美現代女文豪如曼殊菲兒（Katherine Mansfield）、波特（Katherine Anne Porter）、韋爾蒂（Eudora Welty）、麥克勒斯（Carson McCullers）之流相比」。稍對英美二十世紀小說發展史有認識的讀者，都會明白夏公把張愛玲與這四位女作家相比，她的文學地位就更高了。而且夏公更說：「有些地方，她恐怕還要高明一籌。」一九六〇年代中葉台灣小說家朱西甯曾經向筆者表示，一直推崇張愛玲的成就，但要到夏公公開講，才更爲確定，覺得終於有人出來說公道話。可想而知，夏公這篇文章對當時台北文學界震動很大。而且夏公更把張愛玲與十九世紀現實主義的文學大師相比，進一步肯定張愛玲的成就。夏公認爲《金鎖記》結尾部分敘述曹七巧把翠玉鐲子順著骨瘦如柴的手臂往上推，在技巧上可與福樓拜《包法利夫人》相比，在功力上也絕不在杜斯妥也夫斯基《白癡》中挪斯塔霞死去，蒼蠅在她身上飛一場之下。夏公把張愛玲的小說放在世界文學的廟堂中，可見對其成就和地位推崇備至。

除了對張愛玲的評鑑與定位以外，夏公此文在分析方法方面，也對「張學」有重大的貢獻。夏公在耶魯大學英文系取得英國文學博士，當時耶魯大學是美國形式主義，也就是「新批評」的重鎮。夏公此文運用的分析方法，很貼近形式主義苦讀細品、就文論文的方法。夏公首先指出張愛玲對文字色彩的敏感，是由於她能夠對中西雅俗兩種傳統「雅俗兼賞」，所以文字有豐富的感性。其次，夏公又指出張愛玲小說的意象非常豐富，甚至是「華麗」，四十多年來對張愛玲的研究，評論者多用「華麗」這個關鍵字眼，而夏公是第一個把這個形容詞拈出來的（見夏志清〈評《秧歌》〉一文，《文學雜誌》一九五七年第二卷第六期）。其三，夏公認爲張愛玲小說力求表現的是「蒼涼」，就是「人生一切飢渴和挫折中所內藏的蒼涼的意味」；「蒼涼」也一直被後來的張愛玲研究者所引用。其四，夏公談到張愛玲心理描寫細膩，但是她的觀察態度老練而客觀。其五，夏公說張愛玲是徹底的悲觀主義者，是一種「大悲」，也就是「一種非個人的深刻悲哀」，重點在於「非個人」（impersonal），這一點更是「新批評」的觀點。其六，夏公最早肯定張愛玲受佛洛依德的影響，也受西洋小說的影響，「可是給她影響最大的，還是中國舊小說」；中國舊小說對她的影響，一方面見於她小說中圓熟的語言和對話，而更爲重要的，是她對老一輩中國人的脾氣和性格，有地道而透徹的瞭解。

回顧四十多年以來的張愛玲研究，以上所談到這六個論點往往是在評論文章中經常出現的地標，很多學者不斷運用夏公的洞見作爲指南，在分析方法上，夏公實有開山闢路、爲後來者作出導引的重要貢獻。要是沒有夏公在四十多年前對張愛玲的定位，肯定沒有後來創作上的「張派」、研究上的「張學」、讀者群中的「張迷」。

附記：

夏公在出國赴美前就念過艾略特（T. S. Eliot，一八八八—一九六五）的文集《聖林》（*The Sacred Wood*，一九二〇）、《詩的用處與批評的用處》（*The Use of Poetry and the Use of Criticism*，一九三三）

等。在不少專研二十世紀文學評論發展史的學者眼中，艾略特雖與「新批評」無關，但肯定是「先聲」、「前奏」。夏公赴美後，一九四八年就讀到英國評論家燕卜蓀（William Empson，一九〇六—一九八四）的成名作《七種歧義論》（*Seven Types of Ambiguity*，一九三〇）。燕卜蓀出道時與美國「新批評」學派並無瓜葛，但其特重文字、肌理之批評手法與後者異曲同工。夏公到耶魯大學攻讀英國文學博士時，上過布魯克斯（Cleanth Brooks，一九〇六—一九九四）的課，與蘭遜（John Crowe Ranson，一八八八—一九七四）有接觸，又聽過泰特（Allen Tate，一八九九—一九七九）講學。布魯克斯以詩的形式主義分析馳名；泰特則以短篇小說的形式主義分析飲譽。兩人都有純理論文字，但似又不及蘭遜在說明及體系方面之完整。這三位「新批評」大將雖然都是老師輩，夏公後來並因此在「新批評」的陣地《墾吟評論》（*Kenyon Review*）發表英文論文；但夏公討論英國沿襲新古典主義詩風的George Crabbe（一七五四—一八三二）的博士論文（部分曾在台北的英語學報《*Tamkang Review*》草創期發表），卻由波陶（Frederic A. Pottle）指導。當時波陶在耶魯大學英文系應該比較資深，對英國新古典主義和浪漫主義都有研究，但雖和「新批評」學派的幾位同事聲氣相通，倒不是其中一員。整體而言，夏公評論的基本立場雖然與自身俱足、就文論文的「新批評」學派並無二致，但也有些差異。首先是酌量引入作者生平；這一點較接近燕卜蓀，有異於「新批評」堅守文本、不涉任何外緣的運作。其次是比較文學的角度，尤其是類同性（affinity）比較；這方面極可能源自夏公對西洋文學的廣泛興趣。夏公出國前的興趣和出國後親炙「新批評」學派的機緣，都令其文論與當時美國漢學界大相逕庭。後者忽視分析、義理，仍以實證主義的考據、版本等爲終極關懷，而眼界不及現代中國文學；哈佛大學中國文學教授海濤華（Hightower）甚至認爲五四運動後就無文學可言。因此夏公一九五〇年代的張愛玲論析，無論是當日的華文學界或西方漢學界，恐怕連「逆流而上」都談不上，祇能視爲「荒野的吶喊」。

二〇〇一年

張愛玲「吞沒遺稿」的真相

張愛玲女士的第二任丈夫賴雅（Ferdinand Reyher）去世後，所有著作的版權、版稅及遺稿，全歸張女士。多年來賴雅與前妻（著名婦運先驅）所生的女兒飛芙（Faith，後嫁一位傑克遜〔Jackson〕先生）一直攻擊張女士，即肇因於此。我在一九八〇年代開始斷續查訪求證，至一九九〇年代初仍讀到和聽到飛芙・傑克遜對張女士的「惡言」，主要是「吞沒」她父親的遺稿，及在賴雅去世前未能盡婦職照顧丈夫。這兩點，以目前的材料來看，完全是不正確的。賴雅在賴雅生前爲名士派才人，與布萊希特（Bertolt Brecht）等二十世紀文學泰斗均爲莫逆。賴雅在好萊塢任專職編劇時，收入極豐，時常接濟布萊希特等。後來這段交情和賴雅的「左傾」言論，使賴雅在一九五〇年代麥卡錫（Joseph R. McCarthy）「非美活動委員會」調查後，被迫離開好萊塢（因此而結識張女士，則是後話）。在一九八〇年代，不少學者重探這個時期及這些文化人，都要找布萊希特和賴雅的往還書信、合作文件（兩人曾聯手翻譯及創作），張女士既然向不接受訪問，賴雅女兒自然成爲唯一消息來源。但其實這批文獻一直收藏在前東德的布萊希特檔案室裡（美國聯邦調查局的賴雅檔案，反倒交了白卷）。

另一使張女士蒙不白之冤的是賴雅討論攝影美學及攝影發展史的一部「未定稿」。這部書稿曾片段發表，一直沒有很受重視。一九八〇年代起，攝影研究爲人文學界跨學科的新課題，賴雅的先驅性突然備受注意，追尋「遺稿」不免又追問到賴雅女兒，「吞沒」之說由此而生。但賴雅生前並不是很有條理的一位作家（當年又沒有影印和電腦的便利），而且有很多計畫最後都無疾而終。因此，這部有書名的「遺稿」有可能未曾完成，也可能是搬運時失落。此外，張女士向來也極不善於處理自己的稿件，否則又何勞我輩來不斷「出土」（有些不過是一九六〇年代的劇本）。再者，如確有「遺稿」，又何必堅拒學界整理的要求？

賴雅去世纏綿病榻，張女士本來就不太能照顧自己，在賴雅女兒眼中，「疏忽大意」恐怕難免。但後者有所不知的是，當時賴雅經濟情形大不如前，張女士還得透過老朋友宋淇先生的安排，替香港寫國語電影劇本來籌措丈夫的醫藥費（其中包括曾在《聯合報・聯合副刊》發表的《魂歸離恨天》；此劇後因國泰公司結束而沒有拍攝）。張女士生前雅好孤獨，又從不自辯，西方學者最後就衹能依靠「片面之言」。

一九九五年

張愛玲的《一曲難忘》

張愛玲在一九五五年秋天離港赴美定居後，一九六一年十一月自美經台抵港。到港後在宋淇（林以亮，時任國際電影懋業有限公司製片）安排下，替電懋寫劇本。如以首映時間爲準，第一部是《南北一家親》（一九六二年十月上片）；第二部是《小兒女》（一九六三年十月），第三部是《一曲難忘》（一九六四年七月上片）；第四部是《南北喜相逢》（一九六四年九月）。《小兒女》和《南北喜相逢》的選段曾在一九八七年三月《聯合文學》的張愛玲特輯發表。當時沒有全刊《南北喜相逢》，大量粵語之外，粵語對白其實都是宋淇先生加工潤飾，也是原因之一。

一九九三年交由《聯合文學》「出土」的《一曲難忘》，實際創作時間並不清楚。製片人仍是宋淇。監製是鍾啓文，鍾氏也親自導演。男女主角是張揚和葉楓。這部電影的油印劇本各場均有英文縮寫的鏡頭指示（例如D.O.及F.O.等），是否張愛玲的手筆，一時無從查考。

《一曲難忘》的第十二場以送舊年迎新歲的西洋除夕名曲〈是否應當忘記故人？〉來營造氣氛及點題。此曲本爲舊歌。費雯麗及羅勃・泰勒合演的《魂斷藍橋》用作主題曲後，從此遍及全球。《魂》片在上海放映時賣座鼎盛，主題曲自此更爲國人熟知，曲詞譯成中文，就以《魂斷藍橋》爲名。但開首則作「恨今宵又別離」，與張愛玲的直譯不同。《一曲難忘》中文油印本上的英文片名《請記得我》（*Please Remember Me*），顯與《魂斷藍橋》主題曲有關，又與片中費雯麗的台詞呼應。

就現有資料來看，《一曲難忘》應是張愛玲六〇年代初期創作的電影劇本中，最後「出土」的一齣，彌足珍貴。

一九九三年

張愛玲與兩個片種

張愛玲在一九五五年秋天自港乘船赴美。當時宋淇（林以亮）在香港的國際電影懋業公司（簡稱電懋）擔任編劇主任，邀得張愛玲編寫劇本。一九六一年張愛玲自美飛台轉港，到港後又為電懋趕寫劇本。翌年返美後仍有編寫。如以上片時間看（在台首映時間偶與香港較有差距），一九五七年至一九六四年間，一共有八部（另有一部《魂歸離恨天》未曾拍攝，去世前曾由《聯合報・聯副》獨家發表），平均是每年一部。

張愛玲的電影劇本，有兩個類型成就特高。第一類是「都市浪漫喜劇」（urban romantic comedy）。這類型作品的題材為大都會裡的男歡女愛和兩性戰爭，亦是張愛玲小說的拿手好戲；情節鋪排的陰差陽錯、男女冤家的對立鬥智、人物的諧鬧逗笑，似都受三、四〇年代美國好萊塢「神經喜劇」（screwball comedy）的啓發；片內中上階層的視野和生活趣味，更是不謀而合。

這類作品的代表作是電懋草創期的《情場如戰場》（一九五七年，同年在台上片）。遺憾的是，此片派交岳楓導演，其作品風格和個人思想都和張愛玲的劇本頗有扞格，結果風趣機智的對話削減，改爲增添說明性對白，節奏因此拖慢。而下半的更動更大大削弱原劇本兩性戰爭的張力，本來對「男權／父權」的挑戰、抗衡、甚至企圖顛覆，就不彰顯。幸好林黛光芒四射，劉恩甲和陳厚搭配精采，加上淺水灣別墅實景和內搭景的豪華，稍爲彌縫導演之不足。（和同年在台上片、電懋製作、陶秦自編自導的《四千金》相比，後者的神采飛揚，足證陶秦應爲較佳的導演人選。）張愛玲同一類型的作品尚有一九五七年的《人財兩得》（岳楓導，李湄、陳厚、劉恩甲合演，此片一九五八年才在港上片）；一九五八年的《桃花運》（岳楓導，葉楓、陳厚、劉恩甲合演，一九五九年才在港上片）；一九六〇年的《六月新娘》（唐煌導，葛蘭、張揚、劉恩甲合演）。

張愛玲第二類値得注意的劇本可稱爲「現實喜劇」（realistic comedy），以中下和勞動階層爲對象，探討五〇年代香港社會裡不同族群的矛盾和融合，以當時北方外省移民和本地原居民之間的語言隔閡和習慣殊異作逗笑喜劇元素，最後以下一代的戀愛和結婚收場。劇本對社會習俗、人生百態採取嘲弄揶揄的態度。

這類劇本原由張愛玲好友宋淇編劇的《南北和》開始；一九六一年上片後賣座鼎盛，不少人跟風趕拍，決定續拍同型作品，改請張愛玲編劇。有一九六三年在台上片的《南北一家親》（王天林導，白露明、雷震、梁醒波、劉恩甲合演）；一九六四年在台上片的《南北喜相逢》（仍由王天林執導）。張愛玲雖曾就讀香港大學，但粵語不靈光，據宋淇先生生前所告，現所見劇本裡的廣東對白都由他與本地劇務照張愛玲的原文改動。

張愛玲這兩類劇本相當難得。在當年中國大陸提倡「工農兵文藝」、台灣高呼「反攻復國」

的文化大氣候裡，「都市浪漫喜劇」也衹能倖存於英國殖民地的香港。而「現實喜劇」裡的族群問題，在二·二八後的台灣，恐怕很難以諧趣和通婚來一笑置之，自然不會有香港搶拍跟風的現象。

一九九七年

張愛玲仍是一則傳奇

台北《中國時報・人間副刊》一九九一年十一月十二日某位陳先生的文章〈張愛玲的海外姻緣〉，後半提及張愛玲女士與美國德裔作家賴雅（Ferdinand Reyher，張女士通常暱稱為Ferd）的婚姻及生活，均採自拙作〈張愛玲・賴雅・布萊希特〉一文（一九八七年三月首次發表於替《聯合文學》月刊策畫的張愛玲專輯，後收入一九八九年允晨版拙編《張愛玲的世界》）。

拙文除參閱詹姆士・萊恩教授研究賴雅的專著（一九七八年在德國波昂出版），對賴雅的生平資料，文藝成就、文壇交遊及身後遺稿涉及張愛玲女士部分，均曾耗費大量時間翻檢各類相關資料，包括美國聯邦調查局（FBI）等單位的賴雅檔案。聯調局監控賴雅，因為他與左傾的布萊希特是好友（但後來好萊塢「十君子」案則沒有涉及賴雅）。拙文雖不長，但提到的時間、地點及事件，全都是長期調查、逐步追蹤出來的。或許因為這段材料比較新鮮（當時發表限於體例未及大量加註，但文稿曾列出主要參考資料），因此不斷被拿來「翻炒」。但這回「學者」陳先生會被讀者檢舉，是因為他自大陸來稿，「出口轉內銷」，當作前所未見的資料送來台北發表。其實陳先生在大陸看到的，應是大陸的一位王先生在《新文學史料》一九八八年總第四十期將拙作「回鍋」之作。當時王先生一併將另一篇拙作〈張愛玲與《二十世紀》〉（亦見《聯合文學》專輯及拙編）同時拿來「加料」，合拼成〈關於張愛玲生平及創作情況的補正〉一文。同樣二合一的「拼盤」，據友人所告，尚有一回，但「文章」未見，這裡就不提了。

至於拙文提到的張女士出生時間（一九二〇年九月三十日），「張迷」陳輝揚先生以其與過去文學史所見不同，曾來信查詢根據。拙文所據除張女士任職加大時塡報的個人資料，尚有她一九五六年去 Edward MacDowell Colony 時申報的背景及計畫。拙作發表時除體例限制外，主要不想間接「驚動」張女士，故書中省略這些材料及探索的經過。因爲有這些省略，曾多次有「張迷」友人的查問，也都有私下的交流，但最意外的仍是一再「翻炒」。這祇說明了，張愛玲女士至今仍是一則傳奇。

一九九三年

文學叢書 171

INK PUBLISHING

從諾貝爾到張愛玲

作　　者　鄭樹森
總 編 輯　初安民
責任編輯　高慧瑩　施淑清
封面設計　永真急制 Workshop
美術主編　高汶儀
美術編輯　張薰芳
校　　對　高慧瑩　鄭樹森

發 行 人　張書銘
出　　版　**INK** 印刻出版有限公司
台北縣中和市中正路 800 號 13 樓之 3
電話： 02-22281626
傳真： 02-22281598
e-mail : ink.book@msa.hinet.net
網　　址　舒讀網 http://www.sudu.cc

法律顧問　漢廷法律事務所
劉大正律師
總 代 理　展智文化事業股份有限公司
電話： 02-22533362 · 22535856
傳真： 02-22518350
郵政劃撥　19000691 成陽出版股份有限公司
印　　刷　海王印刷事業股份有限公司

出版日期　2007 年 11 月 初版
ISBN　978-986-6873-38-6

定價　260 元

國家圖書館出版品預行編目資料

從諾貝爾到張愛玲／鄭樹森著.－－初版.
－－臺北縣中和市： INK 印刻，2007.11
面； 公分.--（文學叢書： 171）
ISBN 978-986-6873-38-6（平裝）
1.文學評論
812　　96018699

INK INK INK INK INK INK
NK INK INK INK INK INK IN
K INK INK INK INK INK INK
NK INK INK INK INK INK IN
K INK INK INK INK INK INK
NK INK INK INK INK INK IN
K INK INK INK INK INK INK
NK INK INK INK INK INK IN
K INK INK INK INK INK INK
NK INK INK INK INK INK IN
K INK INK INK INK INK INK
NK INK INK INK INK INK IN
K INK INK INK INK INK INK
NK INK INK INK INK INK IN
K INK INK INK INK INK INK
NK INK INK INK INK INK IN
K INK INK INK INK INK INK
NK INK INK INK INK INK IN
K INK INK INK INK INK INK
NK INK INK INK INK INK IN
K INK INK INK INK INK INK
NK INK INK INK INK INK IN